www.tredition.de

AF198122

Brigitte Carlsen

Malle Mädels

Für Abenteuer ist es nie zu spät

www.tredition.de

© 2016 Brigitte Carlsen

Verlag: tredition GmbH, Hamburg

ISBN
Paperback: 978-3-7345-4327-2
Hardcover: 978-3-7345-4328-9

Printed in Germany

Das Werk, einschließlich seiner Teile, ist urheberrechtlich geschützt. Jede Verwertung ist ohne Zustimmung des Verlages und des Autors unzulässig. Dies gilt insbesondere für die elektronische oder sonstige Vervielfältigung, Übersetzung, Verbreitung und öffentliche Zugänglichmachung.

Malle Mädels

Für Abenteuer ist es nie zu spät

Autorin: Brigitte Carlsen

Juli 2016

Die Autorin kommt ursprünglich aus der Werbung und ist seit über zwanzig Jahren im Hauptberuf Sprecherin (TV, Rundfunk, Hörbücher etc.) Die begeisterte Hobbyköchin hat auch mit Erfolg an Kochshows teilgenommen.
2011 kam bereits ihr Kinderbuch: „Maxi im Weihnachtswunderland" auf den Markt, das sie auch selbst vertont hat.
2014 der Fantasy-Roman Devils Tear-die siebte Träne.
2016 Mit dem Kochtopf durch die Zeit – Band 1 Kochen im antiken Rom

© 2016 Brigitte Carlsen
Alle Rechte vorbehalten.

Buchcover Foto: pixabay.com

Vorwort

Einmal im Jahr nach Mallorca! Sieben Tage Auszeit von Mann und Kindern, Frauengespräche, faulenzen, shoppen und „Aloe Vera Drinks" schlürfen(mehr dazu später ☺) Wir, das sind:

Gisi – eigentlich Gisela – die Organisatorin der Gruppe

Roswitha „Rosi", die Frau, die alles hat: Pflaster, Schraubendreher, Regenhauben, Taschenlampen und alles, was man (frau) fürs Überleben in der mallorquinischen Wildnis braucht,

Marie, die mit ihrem ansteckenden Lachen selbst das Geräusch der Flugzeugturbinen übertönt,
Marita „Mara", immer perfekt schwarz gekleidet und die jüngste Oma von uns,

Helena „Helly", Meisterin im Umgang mit Schere, Strähnchenfarbe und Föhn,
Ursula „Ursi", im Hauptberuf Krankenschwester und immer für einen Ulk zu haben
und ich, Belinda „Linda", Mitglied der schreibenden Zunft, sprich Redakteurin.

Ach, und...äh, wir sind alle 50 plus.

„Unsere Reisechecks sind da!" Gisi wedelt virtuell per Whatsapp mit den Unterlagen. Wir wedeln mit Emojis und Likes zurück. Eine vibrierende Hektik macht sich breit. Kleiderschränke werden gefilzt, frohen Mutes auf die Waage auf -und erschrocken wieder hinuntergestiegen, Bikinis anprobiert(oder doch lieber ab heute Badeanzug?), Sonnencremes gecheckt und das Fassungsvermögen der vorhandenen Koffer getestet.

Ich liebe unseren Haufen, alle komplett unterschiedlich, von bieder bis durchgeknallt. Ich bin der einzige Single in der Truppe, alle anderen sind verheiratet und die Herren der Schöpfung haben die Aufgabe uns zum Flughafen zu bringen. Wenn die auch nur ansatzweise geahnt hätten, wie aufregend und gefährlich die Reise dieses Mal sein würde, sie hätten ihre besseren Hälften gar nicht fliegen lassen.

1

…und es dröhnt in meinen Ohren
Und der nasse Asphalt bebt
Wie ein Schleier staubt der Regen
Bis sie abhebt und sie schwebt
Der Sonne entgegen

(Über den Wolken; Reinhard Mey)

Die mit dem schwersten Koffer bin immer wieder ich. Ich kann mich halt nicht entscheiden, welche Klamotten ich mitnehmen soll. „21,6 Kilo." Die freundliche Dame am Check-in gibt mir die Bordkarte. „Bleibt nicht viel Spielraum für Einkäufe", bemerkt Gisi, „musste wieder auf uns alle aufteilen". Beim letzten Mal hatte ich noch am Schalter in Palma sieben Kilo auf diverse andere Koffer packen müssen. Was natürlich einen Stopp in der Schlange, mit Unmutsäußerungen anderer Passagiere verursachte.

Dann sitzen wir voller Vorfreude im Flieger Richtung Palma de Mallorca. Rosi taucht gerade hinter der Rückenlehne des Vordermanns ab und Helly erzählt ihr bunte Geschichten. „Flugangst?" fragt eine fremde Mitreisende mitfühlend. Helly nickt und streichelt Rosi über den Rücken. Der Rest der Bande ist da wesentlich brutaler. Wir reißen Witze über Abstürze und Kotztüten. Nicht so schlimm, weil wir wissen, dass Rosi jetzt ihre Ohren zuklappt und ihre Angst pflegt. Mara wedelt mit einem Flyer, den sie aus dem Reisebüro mitgenommen hat. „Hier, guckt mal, da können wir heute Abend hingehen." Ich lese: „El Fantastico". Ein neuer Club, feiern wie die Promis und mit den Promis, verspricht der Prospekt. „Wen trifft man denn da?" Ursi blättert. „Wenn du mich fragst, die Ballermann-Prominenz und ein paar C-Promi-Matratzen."

„Aber angucken können wir uns das doch mal." Gisi hat sofort die Gutscheine im Prospekt erspäht. „Zwischen 21 und 22 Uhr kosten die Drinks die Hälfte, Frauen erhalten einen Prosecco gratis." Auch Marie studiert den Prospekt. „Bestimmt so'ne Sodbrennen-Plörre, wo die Flasche mehr kostet als der Inhalt."

„Ich hab Tabletten dabei", haucht Rosi von hinten, bevor sie wieder in die Flugangststarre verfällt.

„Also, dann lasst uns doch da mal vorbeischauen." Mara blickt uns fragend an.

„Zuerst zischen wir im Mega Park ein bis zwei Bierchen und dann Gratis-Prosecco." Alle nicken, selbst Rosi, mit dem Kopf fast zwischen den Beinen.

Ein warmer Wind, ein strahlend blauer Himmel und unser gewohntes Hotel erwarten uns nach der Landung.

Auf den Zimmern steht Sekt zur Begrüßung, eine nette Geste für die Stammgäste. Ich trete auf den Balkon und atme die würzige Seeluft. Ursi hat schon eine Flasche geöffnet und schenkt ein. „Bienvenido á Mallorca!" Einmal im Jahr ein bisschen mit den Spanischkenntnissen rumstrunzen tut gut. Vom Nachbarbalkon ruft Gisi: „In einer halben Stunde im Foyer? Und dann Megapark?"

Der Megapark empfängt uns mit laustarken Ballermann-Hits. Tiefgründige Texte wie: Scheiß drauf, Malle ist nur einmal im Jahr und Biste braun, kriegste Fraun... Die runden Holzstehtische gewohnt klebrig, das Publikum genauso. Rappeldürre Hungerhaken, die sich in knappen Outfits auf Tischen stehend zum Takt der Musik bewegen, davor sabbernde Jugendliche, die den Mädels am liebsten das Höschen vom Body zupfen würden. Ich glaube, ich werde alt und nehme mir bei einem weiteren Besuch mit unserer Gruppe vor, ein Fläschchen Desinfektionsspray einzustecken. Helly, unser Sonnenschein, hüpft und singt zu „Schatzi, schenk mir ein Foto" mit. Was eine ziemlich angetüddelte Mitvierzigerin in Kleinkinder-Jeanslatzbuxe dazu animiert, sie in den Arm zu nehmen. Ihre Ausdünstungen legen die Geruchsnerven lahm. Rosi rümpft die Nase. „Können wir nicht gehen?" jammert sie halb erstickt.

2

I wasn't looking where I was going,
I fell into your eyes.
You came into my crazy world…
(Addicted to you; Avici)

Welch ein Kontrast! Das El Fantastico ist auf dem Dach eines Hotels und hat einen fantastischen Ausblick -daher wohl der Name- über die gesamte Promenade, den Strand und das Meer. Es ist gerade mal 21 Uhr und die eleganten cremefarbenen Loungemöbel sind erst zur Hälfte besetzt. „Deshalb wohl alles zum halben Preis", meint Gisi. Ein ganz in weiß gekleideter Kellner mit Vollglatze serviert den „Senoritas" den Gratis-Prosecco. Ich finde er sieht ein bisschen aus, wie die Spermien aus Woody Allens Film „Was Sie schon immer über Sex wissen wollten…" Als ich das dann ausspreche, ist sofort Stimmung in der Runde. Marie lacht so laut, dass sich die Köpfe aller anwesenden Gäste zu uns wenden. Wir bestellen diverse Cocktails, mit Ausnahme von Rosi, die schüchtern ein Wasser ordert.

Gisi hat mit Adlerauge erblickt, dass im hinteren Bereich eine Tanzfläche ist und dort gerade ein DJ Platz nimmt. „Bin mal gespannt was der auflegt." Ursi macht ein ernstes Gesicht und gibt vor, im vor ihr liegenden Prospekt das Programm gefunden zu haben.

„Heute Abend: Barockmusik von Johann Sebastian Bach, es tanzt die Menuett-gruppe von Tres Locas, mitmachen er-wünscht!" Alle erstarren, nur ich kann kein ernstes Gesicht aufsetzen. Ursi und ich prusten los. „Warum lacht ihr?" Helly bemerkt als Letzte den Ulk. Die kunter-bunten Cocktails werden serviert. „Na, dann Prost!" Mara hebt das Glas", auf eine entspannte, tolle Woche!" Wenn wir geahnt hätten, was da noch auf uns zukommen würde, hätten wir besser Baldrian bestellt.

Es ist dunkel geworden. Ursi und ich leh-nen an der gläsernen Balustrade, einen Cocktail in der Hand und beobachten von hier oben das bunte Treiben auf der Pro-menade. Das Meer ist eine schwarze Flä-che und nur das gleichmäßige Rauschen und Rollen der Wellen verrät seine Exis-tenz. Weit draußen blinken einige

Schiffslichter. Ich seufze. „Toll." Ursi gibt einen zustimmenden Grunzlaut von sich. „Halt mal mein Glas, ich muss mal wohin." Ich drücke ihr den Cocktail in die Hand und mache mich auf die Suche nach dem stillen Örtchen. In der Zwischenzeit sind auch weitere Gäste eingetroffen und ich wühle mich durch eine Gruppe mittelalter Männer, die irgendwelche blöden Anmachsprüche von sich geben. Erleichtert sehe ich das WC-Schild, biege scharf rechts ab und pralle vor eine breite Männerbrust. „Hola, Guapa, nicht so stürmisch!" Ich blicke in ein paar spöttische hellbraune Augen, murmele „lo siento". Er will mir ausweichen und steppt in die gleiche Richtung wie ich. Nachdem wir auf diese Weise mehrfach hin-und her schwanken, müssen wir beide lachen. Immer noch kichernd erreiche ich endlich das Klo. Junge, Junge, ein Klasse-Typ! Während ich im Spiegel meine Optik überprüfe, überlege ich, ob ich ihn ansprechen soll. Meine innere Stimme warnt: *Nee, lass mal, das bringt nur Ärger*! Aber meine Hormone tanzen gerade Rock'n Roll. Der freundliche schwarze Toilettenmann reicht mir ein Papierhandtuch und zwinkert mir zu. „Enjoy your day!"

meint er. Ein Zeichen? Auf dem Weg zurück zum Tisch komme ich an einem Prospektständer vorbei. Ein Flyer mit einer Segelyacht sticht mir ins Auge. Ich zupfe ihn heraus, klappe ihn auf - und schaue in genau die hellbraunen Augen, die mich vorhin schon verwirrt haben. „Kapitän Nicolás García Díaz freut sich, Sie an Bord begrüßen zu dürfen", lese ich.

„Dann brauche ich mich ja gar nicht mehr vorzustellen", höre ich eine raue Stimme. Der Kapitän steht live vor mir. „Äh…ja…äh", stottere ich. *Sag was!* hämmert es in meinem Schädel. Aber ich kann nur grenzdebil grinsen und zeige nach hinten, wo die Mädels sitzen. „Ich muss dann auch…", drücke mich an ihm vorbei und flüchte förmlich. Sein amüsiertes Lachen verfolgt mich. Ursis Adleraugen ist das nicht entgangen. „Hey, wer ist das denn?"

„Kapitän Nicolás García Díaz!" stammele ich und reiche ihr den Prospekt. „Mädels, das ist es! Wir machen einen Schiffsausflug. Hier auf dieser Segelyacht!" Ursi wirft den Flyer auf den Tisch. Rosi und Marie greifen danach und sind sofort begeistert. Gisi, ganz Organisatorin fragt: „Wann? Wo? Und was kostet es?"

Nur Helly ist etwas bleich um die Nasen-spitze. „Ihr wisst doch, dass mir immer schwindelig wird!"
„Auf meiner Esmeralda sind sie gut aufge-hoben." Diese Stimme. Ich spüre wie mein Herz holpert. *Nein, sage ich mir, nein, bloß nicht verlieben, bloß nicht!* „Wir segeln nur bei ruhiger See hinaus, machen ausreichend Pausen und wer möchte kann beim Segeln mithelfen, das lenkt ab."

„Sie sprechen aber gut deutsch", stellt Mara fest.

„Meine Mutter ist Deutsche", lächelt er und sieht mir in die Augen. „Und Sie, Senorita? Sie sprechen spanisch?"
„Un poquito, ein bisschen", antworte ich. Er geht neben meinem Stuhl in die Hocke. Seine dunklen Haare sind lockig und ein wenig zu lang und in mir entsteht der Drang sie durcheinander zu wuscheln. *Jetzt reicht's aber. Ich will das nicht!* Ich versuche ihn arrogant anzuschauen, was aber kläglich misslingt. Er beugt sich zu mir. „Ich freue mich auf unser Wieder-sehen." Der Kerl hat ja vielleicht ein Selbstbewusstsein, unglaublich!

„Wo können wir das denn buchen?" fragt Gisi.

„Direkt bei mir, wenn Sie möchten. Sie können aber gerne morgen nach Can Pastilla in mein Büro kommen, falls sich einige den Ausflug noch überlegen möchten." Dabei schaut er wieder in meine Richtung. „Was meint ihr?" Gisi blickt in die Runde. Alle mit Ausnahme von Helly und mir nicken. „Also abgemacht. Wann und wo müssen wir da sein?" Helly und ich werden überstimmt und jede zahlt die Reise an. Als ich dem Kapitän das Geld reiche, streichelt er sacht über meinen Handrücken und strahlt mich an.

„Morgen sind die Wetteraussichten bestens, die See bleibt ruhig", er lächelt in Hellys Richtung, „Sie werden am Hotel um 9 Uhr abgeholt. Die Esmeralda erwartet Sie in Palma am Passeo Marittimo. Ich freue mich", er macht eine winzige Pause, „auf Sie." Dabei blickt er mir tief in die Augen und verabschiedet sich. Ursi klopft mir auf den Rücken. „Jetzt werd mal locker! Der Typ steht so was von auf dich!"

„Ja, super! Der ist mindestens 15 Jahre jünger als ich, was soll ich denn mit dem?

Außerdem war ihm doch nur wichtig, dass er zahlende Gäste bekommt!" „Seinen Blicken zufolge, aber nicht, oder?" Mara schaut in die Runde. Alle grienen und in mir tobt das Chaos.

Nico

Es ist mal wieder einer dieser Abende, an denen ich auf Kundenakquise gehen muss. Ich hoffe, dass ich in ein paar Jahren so etabliert bin, dass die Kunden mich aufsuchen. Ich schaue auf meine Liste, welche Hotels und Clubs meine Flyer haben. Ich steuere das „El Fantastico" an. Das ist ganz neu und liegt auf dem Dach eines Hotels mit einer spektakulären Aussicht. Mal sehen, ob da schon genug los ist. Vor mir drängt sich eine Männertruppe in den Club, offensichtlich auf Frischfleisch aus. Ich höre wie sie anerkennend pfeifen und die Worte Liebchen und Engelchen und dazwischen bahnt sich eine blonde Frau den Weg. Sie geht hocherhobenen Hauptes und dieser Gesichtsausdruck: Hammer! Eine Augenbraue gelangweilt hochgezogen und den Blick arrogant in die Ferne gerichtet. Offensichtlich sucht sie das stille Örtchen. Sie hat das Schild gefunden und rennt in mich hinein. „Hola, Guapa, nicht so stürmisch!" sage ich. Sie murmelt: „Lo siento!" und als ich sie vorbeilassen will, schlagen wir beide mehrfach die gleiche Richtung ein. Sie lacht mich an. Himmel, was für ein Lachen! Ich weiß gar nicht, wo ich zuerst hinschauen soll. Auf ihre funkelnden Augen oder ihren schönen Mund. Paco hinter der Theke fragt: „Ein Bier?" Ich nicke und blicke ihr nach, bis sie hinter der Toilettentür verschwindet. „Nicht schlecht, die Dame, was?" meint Paco und stellt mir das Glas auf den Tresen. Die muss ich einfach ansprechen, koste es was es wolle!

Ich beobachte sie, als sie aus dem Klo kommt. Sie stoppt an einem Prospektständer und ich sehe, dass sie genau meinen Flyer herauszupft. Sie liest und ich sehe meine Chance. „Dann brauche ich mich gar nicht mehr vorzustellen." Süß! Sie ist plötzlich unsicher und stottert, grinst mich verlegen an und flieht förmlich zu ihrer Gruppe. Ich kann mein Lachen nicht unterdrücken. Langsam mache ich mich auf in ihre Richtung. Am Tisch diskutieren sie gerade meinen Flyer, also beste Aussichten. Ich habe die Damen schnell überzeugt, nur eine zarte Dunkelhaarige und meine Guapa zieren sich noch. Ich setze meinen ganzen Charme ein, gehe neben ihr in die Hocke und spüre wie nervös sie wird. Am liebsten würde ich sie küssen. Was ist denn plötzlich mit mir los? Das ist mir schon lange nicht mehr passiert. Als der Segeltörn beschlossene Sache ist, freue ich mich wie ein Schuljunge.

Auf dem Weg nach draußen, klingelt mein Handy. Santos! Warum kann der mich nicht in Ruhe lassen? Ich melde mich und höre kurz zu. „Nein, Santos, ich mach das nicht mehr. Wir sind quitt." Ich würge das Gespräch ab und konzentrier mich lieber auf morgen.

3

We are sailing, we are sailing
Home again 'cross the sea
We are sailing stormy waters
To be near you, to be free
(Sailing; Rod Stewart)

„Aufstehen!" Helly zerrt an meiner Bett-
decke. Ich blinzele sie verschlafen an.
„Los, du hast noch 'ne gute halbe Stunde,
dann steht der Bus vor der Tür." Meine
Nachtruhe war alles andere als ruhig. Ich
hatte unendlich viel Blödsinn geträumt,
war zwischendurch immer wieder aufge-
wacht und hatte das Bild von Kapitän
Nicolás García Díaz vor mir. Ich schlurfe
ins Bad und betrachte entsetzt die Gestalt
im Spiegel. „Wie seh ich denn aus?" Mein
Haar steht wie Kraut und Rüben vom Kopf
ab, die Augenlider sind geschwollen und
auf der linken Wange ist eine tiefe Liege-
falte. Also, kaltes Wasser ins Gesicht klatschen, Zähne putzen, das Haar einiger-
maßen bändigen und großzügig Sonnen-
creme auf dem Körper verteilen. Bikini an
und mit Hilfe der kosmetischen Industrie
die Schäden im Gesicht korrigieren.

Helly wartet schon ungeduldig in der Tür. „Meinst du, mein Hintern ist den weißen Bermudas zu dick?" Ich drehe Helly meine Rückseite zu. „Nö, finde ich nicht, aber ist ja auch Ansichtssache." Aha, also doch zu dick! „Jetzt komm endlich, ich will noch 'nen Happen frühstücken."

Resigniert folge ich Helly. *Ist doch egal, wenn er dich zu dick findet, dann hört wenigstens das Geflirte auf.* Die Stimme der Vernunft. *Aber wenn ich gar nicht vernünftig sein will?* Ich atme tief durch und versuche nicht mehr drüber nachzudenken. Ich steh am Frühstücksbüfett und packe meinen Teller voll mit Obst und weißem Brot.

„Ich hab gelesen, dass man vorm Segeln auf Käse, Salami, Kaffee und Rotwein verzichten soll, wegen Fische füttern und so." Mara schiebt unauffällig ihre Wurst an den Tellerrand. Gisi blickt in ihren Kaffee. „Echt jetzt? Muss ich etwa jetzt Tee trinken?" Ich nicke.

Viel Zeit zum Frühstück bleibt uns nicht, der Shuttlebus mit einem jungen Spanier namens Esteban ist da.

Mit Sack und Pack entern wir den Kleinbus. Helly schluckt eine Pille gegen Übelkeit.

Als wir bei strahlendem Sonnenschein am Passeo Maritimo ankommen, sind wir förmlich vom Weiß der Schiffe geblendet. Wir folgen Esteban. Da ist sie, die Esmeralda, eine Bavaria 50, die sanft hin-und herschaukelt. An Deck sehe ich eine weißgekleidete Gestalt, deren muskulöse braune Oberarme irgendetwas festzurren. Mein Herz macht schon wieder einen Holperer. Gut dass ich meine große Sonnenbrille auf der Nase habe, sonst hätte mein Blick mich wohl verraten. Nicolás hat die Gruppe entdeckt und turnt geschmeidig zum Heck.

„Heute ist mein Glückstag! Ich alleine mit so vielen schönen Damen, einem fantastischen Wetter und einer ruhigen See." *Schleimer!*
„Aber dann können wir ja gar nicht richtig segeln", gibt Rosi zu bedenken. „Draußen auf dem Meer reicht der Wind aus", beruhigt er sie, „und jetzt willkommen an Bord! Und eine Bitte habe ich: An Bord duzen wir uns alle! Mein Name ist Nico." Er reicht jeder einzelnen die Hand und geleitet sie sicher ins Boot. Meine

Hand hält er ganz offensichtlich länger. Ich murmele mit nach unten gerichtetem Blick nur ein danke schön und folge den anderen.

Esteban löst die Leinen und springt an Bord. Die Mädels haben schon mit der Platzverteilung im Heck begonnen, mir bleibt nur die Ecke direkt beim Ruder. Alle grinsen mich erwartungsfroh an und ich blecke kurz die Zähne. Die wollen mich doch glatt verkuppeln! Esteban turnt an uns vorbei zum Bug. Nico wirft den Motor an und wir tuckern aus dem Hafen. Die Kathedrale La Seu hebt sich hell und majestätisch gegen den azurblauen Himmel ab. Nico erklärt uns bei der Ausfahrt sein Schiff. Es gibt 10 Schlafplätze und drei Duschen mit Toiletten an Bord und dazu eine prima Pantry. Kaum sind wir auf dem Meer, frischt der Wind ganz schön auf. Helly, unsere Frostbeule, zerrt eine dicke Fleecejacke aus ihrem Rucksack und Rosi schlüpft in eine eisblaue wasserdichte Windjacke. Ursi fängt an zu lachen. „Auf der Bank gegenüber seht ihr die Arktis-Fraktion, Leute seid ihr sicher, dass wir alle das gleiche Ziel haben?" Rosi in der Ganzkörperkondom-Verkleidung nuschelt etwas. Sie ist schwer zu verstehen, da sie die Kapuze so fest zusammengeschnürt hat und der Mund sich nicht richtig öffnen lässt. Nachdem nun auch noch ein Windstoß den blauen Kunststoff bis kurz vorm Platzen aufbläht, ist es mit unserer Selbstbeherrschung vorbei. Wir biegen uns vor Lachen. Nico wollte uns eigentlich etwas über das Segelsetzen erzählen, aber niemand hört ihm zu. Schließlich stecken wir auch ihn mit unserem Lachen an. Nachdem der Lachflash vorbei ist, sehen wir, wie das Großsegel sich im Wind bläht. Bombastisch! Ich finde Segelschiffe vom Festland schon beeindruckend, noch beeindruckender zum ersten Mal auf einem zu sitzen. Nico ist in seinem Element. Begeistert zählt er die Segel auf, aber wir sind damit beschäftigt aufs Meer zu schauen. Wir sehen den Strand von Can Pastilla und werden bald am berühmt-berüchtigten Ballermann vorbeisegeln. Esteban serviert Getränke. Die Esmeralda liegt wirklich ruhig auf dem Wasser. Bis zu dem Moment, als ich mein Dosenbier öffne. Da stampft die Yacht durch einen Wellenberg und ich spiele ungewollt Miss Wet-T-Shirt. Nico zaubert von irgendwoher einen Lappen und wedelt damit. Ich tapse vorsichtig zu ihm. Er grinst mich an, den Blick auf mein nasses Shirt gerichtet. Ich tupfe die Flüssigkeit so gut es geht ab.

„Hier übernimm mal das Ruder." Sagt's und schiebt mich vor das stählerne Rad. „Ich kann das nicht, wir werden alle kentern", wehre ich mich. Er steht hinter mir, ich spüre seinen Atem, meine Nackenhärchen richten sich auf. Er legt meine Hände ans Ruder und hält sie fest. „Passiert doch nichts, ich bin doch bei dir. Wie heißt du eigentlich?"„Belinda," krächze ich, „aber Freunde nennen mich Linda."

„Ah, que linda, Bella Linda."
„Lässt du mich jetzt bitte wieder gehen?" Er schmunzelt.

„Ungern, aber bitte!"

Die Mädels sehen mich erwartungsvoll an. „Na?" Ursi platzt vor Neugier, „was ist, habt ihr'n Date?"

Alle beugen sich neugierig nach vorne. „Nein, natürlich nicht", zische ich. „Esteban wird jetzt mit den Essensvorbereitungen beginnen." Nico gibt ihm ein Zeichen.

„Der geht in die Küche? Da geh ich mal

gucken." Ich folge dem jungen Spanier in die Pantry.

„Was gibt's zu essen?"
„Paella."
„Darf ich dir helfen?" Esteban ist erstaunt, aber er nickt. Das ist mein Stichwort und schon befinde ich mich mittendrin im Schnibbeln und Schneiden.

Auf Deck höre ich Nico fragen: „Wohin ist Bella Linda gegangen?" und Ursi antwortet: „Wenn Linda Kochen hört, dann gibt es kein Halten."

„Aber das muss sie doch nicht, das macht doch Esteban."

„Ja aber, die beiden verstehen sich ausgezeichnet." Ursis Stimme ist geradezu euphorisch. Ich muss lachen. Dieses Schlitzohr! Es dauert auch nicht lange, da verdunkelt sich der Eingang und El Capitano steht in voller Lebensgröße in der Pantry.
„Hi." Ich grinse ihn an. „Ich helfe Esteban beim Kochen." „Das sehe ich. Sag mal, kriegst du das auch alleine hin?" „Na,klar".
„Gut. Esteban, ich brauch dich dann oben." Esteban schaut mich verwirrt an,

zuckt mit den Schultern und folgt Nico. Wenn mich nicht alles täuscht, dann ist Nico eifersüchtig. Irgendwie ein schönes Gefühl.

Er beugt sich nochmal herein. „In einer Stunde ankern wir in der Bucht vor La Cabrera. Ist das Essen bis dahin fertig?"

„Claro", antworte ich und suche alle Gewürze zusammen.

Helly und Rosi, die immer noch wie der blaue Klaus aussieht, besuchen mich. Beide schälen sich aus ihren Verpackungen.

„Ist immer noch ganz schön frisch. Auf Cabrera können wir hoffentlich schwimmen gehen." Ich haue Helly, die ein Stück Paprika klaut, auf die Finger. Die Arktis-Abteilung bleibt bei mir unter Deck, bis wir ein schleifendes Geräusch (das Einholen der Segel) und einige Kommandos hören.

Neugierig klettern wir nach oben und erleben die Einfahrt in die Bucht von La Cabrera. Die Esmeralda schaukelt noch ein bisschen und stoppt. Die Ankerkette rasselt. Esteban zieht ein Sonnensegel über den Tisch. Ich bin gespannt, ob allen meine Paella schmecken wird.

„Können wir auch auf die Insel?" Marie

schaut sehnsüchtig aufs Festland.

„Ja, ich lasse das Dingi zu Wasser und dann setze ich euch über. Ich kann aber auch den Badesteg runterlassen, dann könnt ihr hier schwimmen."

Marie, Rosi und Helly wollen die Ziegeninsel nochmal erkunden(wir waren schon einmal dort), der Rest will schwimmen, sonnenbaden und faulenzen.

Esteban schaufelt die Paella in sich hinein und ist schwer begeistert und Nico lobt: „Besser hätte es eine spanische Köchin auch nicht hingekriegt, Respekt!" Über dieses Kompliment von Nico freue ich mich riesig.

Esteban muss Geschirr spülen, Nico setzt die Mädels über. Gisi, Ursi und Mara sind vom Badesteg ins Wasser gehüpft. Ich fläze mich faul auf der Liege, aus dem Lautsprecher singt Rod Stewart „Sailing" und ich fühle mich sauwohl.

Ein Schatten fällt auf mein Gesicht.

„Hola, Bella Linda". Nico nimmt, ohne mich zu fragen, auf meiner Liege Platz.

„Sag mal, machst du das mit allen Passagieren so?" frage ich empört.

Er lacht. „Nein, nur bei dir!"

Ich bin sprachlos. *Himmel, ist der frech! Und dabei so unglaublich attraktiv!*

„Ich würde dich gerne näher kennenler-
nen. Hast du heute Abend Zeit?"
„Ich...nein, ich glaube nicht. Wir gehen
heute auf Discotour."
„Sag es ab, ich zeige dir Palma bei
Nacht!" *Und noch ein paar andere Dinge?*
„Das geht leider nicht, wir haben das heu-
te so abgemacht."
Zum ersten Mal sehe ich leichte Verunsi-
cherung und Enttäuschung in seinem Ge-
sicht. Am liebsten würde ich ihn küssen.
*Sag mal, hast du sie noch alle, lass die
Finger von ihm!*
Innere Stimmen können ganz schön ner-
ven.
Ich zucke mit den Schultern und halte
mein Gesicht wieder in die Sonne.
Nico erhebt sich. „So schnell gebe ich
nicht auf, Bella Linda!"

Mit Sonne vollgetankt, glücklich und rela-
xed bringt uns die Esmeralda zurück nach
Palma. Sieben Stunden auf dem Wasser
und niemandem ist schlecht geworden.
Wir sehnen uns nach einer Dusche und
einem Mützchen Schlaf.
Gisi hat schon das Abendprogramm im
Kopf.
„Im Oberbayern ist heute HalliGalli-Nacht-

was immer das auch bedeutet- und danach Rutschbahn?"

Wir nicken mundfaul.
Esteban befestigt die Esmeralda. Direkt am Kai stehen zwei merkwürdige Typen. Einer lang, drahtig, mit strohblondem Haar, der andere ein kleiner Muskelberg mit glänzender Glatze. Der Blonde hat ein Tattoo, das sich vom Hals über die Schulter bis zum Handgelenk zieht. An allen Fingern der Glatze stecken klobige Silberringe.
Als Esteban aufblickt, bemerke ich Angst in seinen Augen.
Nico taucht auf, um sich zu verabschieden. Seine Stimme stockt ganz kurz, als er die Beiden sieht.
Ganz charmanter Kapitän hilft er uns vom Schiff.
„Bis bald, Bella Linda." Er streichelt sanft über meinen Oberarm. Ein Schauer rieselt über meinen Rücken. Ich sage nur kurz, Adiós und hüpfe an Land. Esteban sitzt schon ungeduldig am Lenkrad unseres Shuttlebus.
Aus den Fenstern, sehe ich, wie das seltsame Duo bedrohlich auf Nico zu steppt. Der Hagere will ihm gegen die Brust schlagen, aber Nico weicht geschickt aus.

Sie diskutieren aufgeregt.

„Das sieht nicht gut aus!" murmelt Ursi. Weil Esteban den Motor startet, können wir nichts verstehen. Im Wegfahren sehe ich, dass die Kerle sich umdrehen und gehen. Der Kleinere macht mit seiner Hand eine waagerechte Geste an seinem Hals. Nico schaut den Beiden lange hinterher. Was hat er bloß mit diesen Typen zu tun?

4

Oh, ich will mich verlieben
Und es geht
Oh, ich werd mich verlieben
Weil ich will
(Ich will mich verlieben; Rosenstolz)

Um halb elf (abends versteht sich) treffen wir uns vor dem Hotel. Zuhause machen wir uns da langsam Bett fertig, hier stürzt sich der wilde Haufen ins Nachtleben. Auf der langen Kneipenmeile in El Arenal werden wir von Werbern angemacht. Jeder hat DAS ultimative Programm anzubieten und wir haben die Qual der Wahl. „In der Megaarena gibt's heute zum Eintritt eine Mickie Krause Perücke für lau." Gisi, Ursi und Mara finden, das ist ein gutes Angebot. „Du weißt nie, wie man mal im Alter aufm Kopf aussieht, da bauen wir mal vor", meint Ursi. Das überzeugt und wir poltern giggelnd die steile Treppe zur Megaarena hinunter. Jeder hat nun eine Perücke, ein T-Shirt und einen Bratwurst-Gutschein. Uns kann nix mehr passieren, wir sind eingekleidet und zu essen haben wir auch.

Wir bestellen unseren berühmten Aloe-Vera Drink. Einen ein Liter Maßkrug gefüllt mit Wodka-Lemon und jeder Menge langer bunter Strohhalme. Im Vorbeigehen sagt jemand: „Eimer saufen für Arme?" „Nein, mein Lieber, das ist gegen Falten!" Er schaut mich perplex an. „Na ja, zum Trinken müssen wir unseren Hals recken, das strafft ungemein!" Ich sehe ihm an, dass das Gehörte auf halbem Weg zum Hirn stecken bleibt. „Hä, ihr seid komisch!" sagt's und dackelt davon.

Wir betreiben Gemeinschafts-Faltenpflege.

„Oberbayern?" Gisi gibt das Zeichen zum Aufbruch.

Das Oberbayern ist knackenvoll. Jede Menge Männer, die so tun als seien sie Single. Dabei sehe ich auf den ersten Blick, dass Mutti Papi das Poloshirt vorher noch gebügelt hat.

Der Kellner bringt Aloe Vera für uns – für Rosi ein Wasser. Während die Mädels munter um mich herum plappern, geht mir Nico nicht aus dem Kopf. *Verflucht noch mal!* Ich hoffe, ich sehe ihn nicht mehr wieder, dann vergesse ich ihn auch. *Das glaubst du doch selbst nicht!*

Eine muntere Gruppe, die sich als freiwillige Feuerwehr aus Oer-Erkenschwick vorstellt, umzingelt uns. Ein Typ, der aussieht wie Tom Hanks, möchte mit mir tanzen.

„Sorry, aber ich bin absoluter Tanzlegastheniker!"

Er ignoriert das völlig und schleift mich unter Protest zur Tanzfläche. Hier schwenkt er mich rum, schmeißt mich von links nach rechts und ich versuche zu fliehen. Meine Mädels retten mich, unter dem Vorwand, etwas klären zu müssen. Wir wollen das Lokal wechseln, aber Rosi ist in ihrem Element und tanzt ununterbrochen. Die Herren stehen Schlange und wir überlegen, ob wir Nummern ausgeben sollen.

Als Rosi kurz Pause macht, um ihr Wasser zu trinken, ergreifen wir die Gelegenheit und zerren sie mit hinaus.

Auf zur „Rutschbahn". Das Lokal ist hauptsächlich für 40 plus gedacht. So habe ich mir früher immer den Ball der einsamen Herzen vorgestellt. Der Kellner bringt eine Runde. Zum Auftakt zwei für eins, das heißt pro Person zwei Bierchen, für Rosi zwei Wasser. Das Fassungsvermögen des Stehtischs ist erschöpft. Von hinten pirscht sich ein unfassbar schrumpeliges Männlein an uns heran. Das schüttere graue Haar klebt ihm am knochigen Schädel und aus einem viel zu weiten Kragen guckt ein dürres Hälschen. Er erinnert ein bisschen an einen alten Geier. Er fordert Ursi zum Tanzen auf. Ihre Augen werden groß und rund und sie lehnt dankend ab. Aber Rosi, offensichtlich im Wasserrausch, ist im Tanzwahn und zockelt mit ihm auf die Tanzfläche. „Der sieht aus wie der Brandner Kaspar", flüstert Marie ganz erschüttert. Der Brandner Kasper hinterlässt eine leicht ranzige Duftnote.

„Warum wolltest du denn nicht tanzen?" fragt Mara Ursi.

„Ja, bin ich bescheuert? Sowas habe ich jahrelang den Arsch abgewischt, damit tanze ich doch nicht!"

Schweratmend bringt Brandner Kaspar Rosi zurück.

Der DJ hat Uralt-Oldies aufgelegt und ich singe voller Inbrunst „Seemann, lass das träumen", als sich eine Hand auf meine Schulter legt und mir jemand ins Ohr flüstert: „Ich träume gerne weiter."

Neben mir steht Nico. Schlagartig habe ich weiche Knie. Hoffentlich merkt er das nicht.

„Was machst du denn hier? Hast du keine Nachtfahrten?"

Er grient. „Du bist ein freches Aas."

„Daran musst du dich gewöhnen!" Kaum ausgesprochen möchte ich mir am liebsten auf den Mund schlagen. *Jetzt gebe ich dem auch noch ne Vorlage.*

„Das könnte ich mir durchaus vorstellen." Seine Augen funkeln. „Ich wollte dich entführen, hatte ich dir doch auf der Esmeralda gesagt." Bevor ich antworten kann, sagt Mara:

„Ja, das war doch abgemacht." Und Gisi und Ursi setzen noch einen drauf: „Na klar, Nico, bring sie uns gesund wieder!" „Und unversehrt," ergänzt Helly. Alle gucken sie an. „Ja, ich mein ja nur…"

„Kommst du?" Nico lächelt mich an. „Jetzt geh endlich!" Marie drückt mich in seine Richtung. Ich bin völlig überfahren. Diese Verräterinnen! Aus den Lautsprechern schmachtet Roland Kaiser: Dich zu lieben, dich zu spüren…Ich werfe den Kopf in den Nacken und blicke Nico herausfordernd an.

„Wenn du das mal nicht bereust!" Er lacht und legt vertraulich den Arm um meine Schultern.

„Ich bin hart im Nehmen."

5

Irgendwie fängt irgendwann
Irgendwo die Zukunft an
Ich warte nicht mehr lang
Liebe wird aus Mut gemacht
Denk nicht lange nach
(Irgendwie, irgendwo, irgendwann; Nena)

Nico fasst meine Hand und bugsiert mich vorsichtig durch die Schinkenstraße. Farbige Straßenhändler mit leuchtenden und blinkenden Haarreifen wuseln um uns herum, betrunkene Jugendliche grölen und torkeln an uns vorbei. Ich bin froh, als wir endlich die Promenade erreichen. Hier geht es erstaunlich ruhig und gesittet zu. Nico bricht als erster das Schweigen.

„Bella Linda, ich freue mich, dass du mitgekommen bist."

„Ich weiß aber trotzdem nicht, was du dir erhoffst. Du musst doch gemerkt haben, dass ich keine Affäre oder einen One Night Stand suche!"

Nico baut sich vor mir auf.

„Bella Linda", er legt eine Hand auf sein Herz, „das traust du mir doch wohl nicht zu!"

„Doch! Du bist ein Mann und ich finde es

auch nicht verwerflich, wenn beide damit einverstanden sind, aber ich bin es nicht!" Er setzt sich auf die Promenadenmauer. Seine Stimme ist dunkel und warm.

„Ganz ehrlich? Sag mir einen Grund, warum sollte ich von Palma hierherfahren, mit dir hier entlang spazieren? Eine Frau für eine Nacht finde ich auch dort." Er macht eine Pause, klopft neben sich. Ich setze mich.

„Linda, ich möchte dich doch einfach nur näher kennenlernen, wo ist dein Problem? Ich schlucke. „Weißt du, ich will mich einfach nicht mehr verlieben, ich...", er unterbricht mich.

„Dann könntest du dich also in mich verlieben?" Ich schweige verlegen.

„Ja... schon...vielleicht, ich kenn dich doch nicht..."

„Genau deshalb will ich dich kennenlernen. Gib mir und dir doch eine Chance." So hatte ich mir das gar nicht vorgestellt, ich wollte lachen, rumblödeln. Stattdessen ernste Beziehungsgespräche. Ich spiele meinen Trumpf aus. „Nico, ich bin mit Sicherheit viel, viel älter als du, das geht nie gut."

„Du bist doch nicht älter als ich, oder? Vielleicht zwei, drei Jahre und das sieht man doch nicht. Falls dir das Probleme macht."

Ich schüttele traurig den Kopf.

„Wie alt bist du, Nico? 42? 43?"

„Ich werde in diesem Jahr 46!"

Ich hole tief Luft. „Siehst du, dann bin ich 14 Jahre älter!"

„14 Jahre? Never!"

„Doch! Und jetzt weißt du, dass das nicht klappen wird. Bringst du mich bitte noch zurück?" Ich springe von der Mauer.

„Halt, halt, halt... Dein Alter ist doch nur eine Zahl auf dem Papier. Glaubst du ich habe mich in deinen Personalausweis verknallt? Ich mag dich, dich als Person, scheiß doch auf das Alter!"

Ich schaue ihn ungläubig an.

„Das macht dir nichts aus?"

„Nein, weshalb?" Er umarmt mich und drückt mich so fest, dass ich kaum noch Luft holen kann.

„Magst du Rotwein?" Ich nicke, kann gar nicht sprechen.

„Dann komm, da drüben steht mein Wagen. Wir holen den Wein und setzen uns an den Strand".

Er steuert auf den Shuttlebus von heute Morgen zu und kramt eine Flasche und zwei Gläser hervor. Wir steigen über die

Mauer und setzen uns ein Stück weiter in den Sand. Er öffnet die Flasche und schenkt ein.

Wir stoßen an.
„Ich heiße Nico."
„Linda". Sein Kuss schmeckt nach Wein.
Der kann ja vielleicht küssen!
Ich habe ein Kloß in der Kehle und bin zwiegespalten. Die eine Hälfte will fliehen, die andere giert nach mehr. Ich schaue verlegen auf das dunkle Meer. Aus den Augenwinkeln sehe ich, wie mich Nico betrachtet. *Du benimmst dich ein wie Teenie beim ersten Mal, was soll er denn von dir denken? Ist mir doch egal, sage ich zu meiner inneren Stimme.* Ich stütze mich auf den linken Ellbogen und versuche in seinem Gesicht zu lesen. Die Konturen sind in der Dunkelheit unscharf.
„Erzähl mir was von dir", fordere ich ihn auf, „bist du hier geboren? Und hast du schon immer ein Schiff gehabt?"
„Nein, ich bin in Deutschland geboren und habe in Kiel Maschinenbau studiert. Die Esmeralda habe ich erst seit fünf Jahren."
„Wohnst du auf dem Schiff?"
„In der Saison ja, sonst im Inland, im Es Pla auf einer Finca. Mit meiner Mutter."

Ich lache.

„Du bist immer noch nicht ausgezogen? Immer noch Hotel Mama?"

„Nein, meine Mutter lebt bei mir, das ist ein Unterschied."

„Und dein Vater?" Er zögert.

„Lebt nicht mehr." Ich merke, dass er lügt, sage aber nichts.

„Und, verheiratet?" *Hoffentlich nicht!*

„War ich mal, hat nicht geklappt."

„Hast du Kinder?" Ich komme mir langsam vor, wie bei einem Verhör, fehlt bloß noch die grelle Schreibtischlampe und ein Protokollführer.

„Meine Exfrau hat zwei."

„Die hat sie mit in die Ehe gebracht?"

„Nein, während der Ehe bekommen." *Wie jetzt?*

„Also deine!"

„Nein, nicht von mir." Ich merke wie unangenehm ihm das Thema ist.

„Jetzt bist du dran, Linda!"

Ich erzähle ihm, dass ich freie Redakteurin bin und für viele unterschiedliche Firmen arbeite, dass ich zweimal verheiratet war und vor drei Jahren von einem anderen wegen meines Alters verlassen wurde. Er nimmt mir das Glas aus der Hand und steckt es in den Sand. Er umarmt mich und bedeckt mein Gesicht, meinen Hals und die Schultern mit Küssen. „Was für ein Arschloch! Hatte der Kerl ne Binde mit drei schwarzen Punkten?" Ich bade in seinem Kompliment.

"Bella Linda, nicht alle Männer sind Schweine, gib mir ...dir ...uns eine Chance. Schau mal, ich habe mich verknallt, in dem Augenblick, als du in mich reingelaufen bist. Da kannte ich dein Alter doch gar nicht."

Die Erklärung ist schlüssig. Ich ringe mit mir.

„Weißt du, ich will einfach keine weitere Kerbe in einer Bettkante sein."

„Hast du Angst, ich falle gleich über dich her? Obwohl, wenn ich richtig überlege..." Er zeigt ein strahlendes Lächeln. Ich balle scherzhaft die Fäuste.

„Keine Angst, bei Frauen wende ich nie Gewalt an."

Das musst du auch gar nicht, so wie du aussiehst, dunkle, lockige Haare, die gerade etwas zu große Nase, das kantige Kinn, ein schön geschwungener Mund und ein durchtrainierter Körper...

„Linda? Erde an Linda! Hörst du mir überhaupt zu Bella Linda?"

„Ja...wie...na klar."

„Kommst du mich morgen Abend auf der Esmeralda besuchen? Esteban kann dich mitnehmen, wenn er Gäste zurückbringt. Sag ja, bitte!" Ich zögere einen winzigen Moment.

„Ja...gut...ok, ich freu mich."

Er gibt einen kleinen Jauchzer von sich und reißt mich an sich.

Dann klopfen wir uns den Sand von den Kleidern und er fährt mich zum Hotel.

Nach vielen kleinen und großen Küsschen verabschieden wir uns.

Mit verklärtem Blick steige ich in den Aufzug.

Ursi

Linda wurde gerade von unserem Kapitän entführt. Zum Brüllen, wie die sich gegen Gefühle wehrt!

„Vielleicht hat sie ja recht", meint Gisi, „der ist garantiert jünger als sie und dann versteh ich sie schon. Wenn der sechzig ist dann ist sie fünfundsiebzig..."

„Ja, wenn...das ist doch Bullshit", werfe ich ein, „entweder man liebt sich oder nicht und dann spielt das Alter keine Rolle. Außerdem erspart ein jüngerer Mann die Pflegestufe eins. Wir müssen da mal ökonomisch denken." Ich zuzel an meinem Drink und mein Blick schweift zum Brandner Kaspar, der schon wieder auf unseren Tisch zugetattert kommt. Rosi wirbelt gerade mit einem anderen über die Tanzfläche. „Sagt mal, war im Riu heute auch noch was los?" „Ich glaub schon." Marie fördert einen zerknitterten Prospekt aus ihrer Tasche. „Da gibt's heute T-Shirts und Taschen." „Dann los, bevor die Ranzbombe wieder um uns herumscharwenzelt." Wir geben Rosi das Zeichen zum Aufbruch.

Als wir draußen vor dem Lokal stehen, macht Rosi ein nachdenkliches Gesicht. „Hoffentlich ist der Nico kein Krimineller." Wir schauen irritiert.

„Na ja, weiß man's? Sollen wir nicht mal gucken, wo die hingegangen sind?" Wir gehen die Schinkenstraße entlang und biegen auf die Promenade ab.

„Halt!" ruft Mara, „dahinten sitzen sie auf der Mauer." „Knutschen sie?" Helly schiebt sich neugierig nach vorn. „Nee, ich glaub, die unterhalten sich nur. Typisch Linda, die redet mal wieder mit Händen und Füßen!"

„Dann lasst sie in Ruhe und ab ins Riu!"
Ich drehe mich um und die anderen folgen mir. Wir steigen in den dunklen, lauten Partykeller.
Kaum haben wir einen Tisch erobert, pirscht ein leicht angetrunkener Mann sich an Helly ran und lässt sich nicht mehr abschütteln. Mit zunehmendem Alkoholkonsum wird der Blick des neuen Verehrers immer glasiger und die Stimme immer weinerlicher. Schließlich legt er den Arm um Helly und schluchzt: „Du bissu toll. Man gann soo gut mit dir redn. Samma, warsu maln Mann?"
Helly blickt ihn völlig entgeistert an. „Wie meinst du das?" „Naja, bissu obbariert, so damalss Mann, jezz Frau?" Das ist unser Signal zum Aufbruch. Hellys Geschlechtsbestimmung wird nun kontrovers diskutiert. Wir einigen uns auf ES und verlassen in bester Laune das Riu.
Am Ausgang lösen wir unsere Gutscheine ein und kurz darauf haben wir alle eine knallrote Crossover-Bag aus Billigplastik und einen Strohhut. Auf der Straße ist trotz vorgerückter Stunde noch jede Menge los. An jeder Ecke springt uns ein Straßenverkäufer in den Weg und bietet irgendwelchen leuchtenden Killefitz an.

Ich denk mir, da halt ich doch mal gegen und biete ab sofort Slipeinlagen zum Stückpreis von 20 Cent an.

Rosi kriegt sich vor Lachen nicht mehr ein. „Ich mach mir gleich in die Hose, hör auf!" Deshalb nehme ich auch noch Damenbinden zu 30 Cent ins Sortiment mit auf. Erst als zwei Jungs mit beträchtlicher Schlagseite, was kaufen wollen, schließe ich den Laden.

Wir haben unser Hotel erreicht. „Ob Linda schon zurück ist?" fragt Gisi.

„Das werden wir gleich sehen." Helly öffnet die Zimmertür.

Linda ist schon da und dann gibt es für uns kein Halten mehr. Jetzt wollen wir alles wissen. Marie organisiert noch eine Flasche Sekt und Linda muss Rede und Antwort stehen.

6

Mein Herz es brennt, wenn ich Dich seh
Ich red mir ein dass ich nicht auf Dich steh
Mein Herz es brennt total verliebt
(Mein Herz; Beatrice Egli)

Ich schwebe auf mein Zimmer zu. Ich muss erst einmal diesen Abend verarbeiten. Es ist still im gesamten Hotel, ist ja auch erst (oder schon, je nachdem, wie man es nimmt), drei Uhr morgens. Heute Abend seh ich Nico wieder! Mein Herz schlägt drei Takte schneller. Fühlt sich zumindest so an.
Ich mache mich bettfertig und liege gerade in den Kissen, um mich süßen Träumen hinzugeben, da höre ich Geschnatter auf dem Gang.
Die Tür geht auf.
„Sie ist schon da," flüstert Helly.
Jetzt gibt es kein Halten mehr, die ganze Blase platzt ins Zimmer. Gisi drückt auf den Lichtschalter und ich blinzele ins grelle Licht. Sie sind alle nicht mehr ganz nüchtern, mit Ausnahme von Rosi.
„Erzähl!" Ursi schmeißt sich auf mein Bett.

„Wie war's?"
„Wie ist er denn so?"
„Seid ihr jetzt zusammen?"
Ich weiß gar nicht, wo ich zuerst hinhören, beziehungsweise antworten soll.
„Hat noch jemand Sekt auf dem Zimmer?" fragt Gisi. Marie nickt.
„Hol ich mal eben!"
Nach einer Stunde ist die Neugier gestillt, die Flasche leer und wir sind müde.

Ich träume von einem großen Fest. Ein kleiner dicker Mann mit Glatze und vielen Silberringen an den Fingern fordert mich auf. Ich will nicht. Ein hagerer, blonder Priester schubst mich durch die Menge. Er will mich mit dem Glatzkopf verheiraten. Ich raffe mein Kleid und renne, genau in eine riesige Hochzeitstorte! Ein Mann mit lockigen schwarzen Haaren hilft mir auf „Du solltest in deinem Alter nicht so wählerisch bei deiner Männerwahl sein!" Er will mich wieder zum Altar schleifen... Ich wache schweißgebadet auf. Helly neben mir, gibt kleine blubbernde Schnarchgeräusche von sich. Ich starre an die Decke. Soll ich mich wirklich auf Nico einlassen? *Selbst wenn es zwei, drei Jahre gut geht, dann bist du noch älter und die Chancen überhaupt jemanden zu finden werden immer geringer. Außerdem: er wohnt hier, du in Deutschland, wie soll das gehen?*

Ich lass es besser bleiben. Ich drehe mich auf die linke Seite.

Andererseits (ich drehe mich wieder auf den Rücken): Er sieht so gut aus, er ist witzig, er ist gebildet- und er kann küssen! Ich seufze.

Helly murmelt im Schlaf.

Ich drehe mich auf die rechte Seite.

Schluss! Benimm dich nicht wie ein Teenie, du sagst ihm heute Abend ab. Irgendwas fällt dir schon ein!

Ich drehe mich wieder auf den Rücken und richte mich auf. Draußen geht die Sonne auf und ich kann einfach nicht mehr schlafen.

Wie ich es auch drehe und wende: Ich habe mich verliebt!

Du spinnst! Du sagst dem… Ruhe, halt die Schnauze! raunze ich meine innere Stimme an. Sie schweigt beleidigt.

7

Und ich hab' Angst, dass ich heut' Nacht an Dich mein Herz
verlier
Deine Lippen kommen mir ganz nah - und ich, ich halte still
Doch ich weiß nicht wie lang ich mir noch sagen will
Die Gefühle haben Schweigepflicht (Andrea Berg)

Heute Vormittag zieht die Karawane Richtung Strand. Rosi verschwindet in einem
Mini-Mercado und kommt stolz wie Bolle
mit einem Sonnenschirm wieder raus.
„Drei Euro, super Geschäft."
Der Ballermann-Strand ist schon ziemlich
belagert und wir furchen durch den Sand
auf der Suche nach Liegen. Wir werden
fündig und jeder rückt seine zurecht. Nur
Rosi nicht. Sie breitet ihr Badetuch auf
dem Boden aus und stößt ihren Schirm in
den Sand wie Reinhold Messner die Fahne
auf dem Gipfel des K2.
Kaum liegen alle, kommen die Händler.
Sonnenbrillen, Hüte, Tücher, Melonen,
Getränke...wir klappen die Ohren zu.
Eine zierliche Asiatin schleicht zwischen
den Liegen entlang und bietet „Massachii"
an. Rosi lässt sich durchkneten und ist
danach wohlig erschöpft. Das sind wir of-

fensichtlich alle. Auch mir fallen nach der schlaflosen Nacht die Augen zu. Als ich wieder wach werde, ist die Hälfte der Truppe im Wasser. Rosi liegt vollständig verhüllt auf ihrem Laken und sieht aus wie eine Tatortleiche. Mein Gesicht brennt. Ich nehme die Brille ab und suche meinen Taschenspiegel.

„Nein!" Mein Schrei lässt die Tatortleiche hochschnellen.

„Was ist?" fragt Rosi, sieht mich an und kann das Lachen nicht unterdrücken.

„Da gibt's gar nix zu lachen!" fahr ich sie an, "ich seh aus wie ein Mitglied der Panzerknacker AG!" Mein Gesicht ist glänzend rot, lediglich da wo die Sonnenbrille saß, habe ich um die Augen eine weiße Maske. Oh Gott, das Date heute Abend! So kann ich doch Nico nicht gegenüber treten!

Ursi tänzelt aus dem Wasser auf mich zu.

„He, du siehst aus wie ein Waschbär!"

„...nur in rosa", ergänzt Helly.

„Da holen wir jetzt mal Quark und machen wir dir eine Maske, das kühlt!" Gisi ist in ihrem Element.

„Bring noch ne Gurke mit", ruft Mara hinterher.

Im Hotelzimmer werde ich mit Quark und Gurke zugekleistert und verfluche meine

Dummheit. Es ist still. Der Rest der Meute faulenzt am Pool, während ich hier mit meiner unerotischen Gesichtspackung liege. „Wie Tsatsiki, nur ohne Knoblauch und Gewürze", denke ich, klaube mir eine Gurkenscheibe von der Wange und stecke sie in den Mund. Hm, nicht schlecht. Nach und nach wandern die Gurkenrädchen in meinen Magen. Der Quark fühlt sich mittlerweile wie Gips an. Ich stehe vorsichtig auf und tappe vor den Spiegel. Eine lehmbeschmierte Ureinwohnerin aus dem Amazonasgebiet blickt mich an. Also, ab ins Bad und davon befreien. Das Gesicht brennt nicht mehr so, aber die Röte ist noch da. Muss ich nachher halt in die Kosmetiktrickkiste greifen. Viel wichtiger ist die Frage, die alle Frauen beschäftigt: Was ziehe ich heute Abend an? Hose oder Kleid? Meine Wahl fällt auf ein schwarz-weiß geblümtes Kleid, flache weiße Sandalen, Jäckchen – fertig!
Als ich nach zwei Stunden frisch gestylt vor den Mädels stehe, werde ich einer eingehenden Musterung unterzogen und darf so bleiben.
Mara hat schon mal einen Ramazotti zur Beruhigung bestellt. Langsam werde ich nervös wie ein Teenager. Jeden Moment

müsste Esteban auftauchen.

„Linda!" Der hübsche Spanier winkt mir von der anderen Seite des Pools zu. Ich winke zurück.

„Also dann. Mädels, auf in den Kampf!" Wieso habe ich das Gefühl, zu einer Prüfung zu gehen? *Weil du verknallt bist und weil du nicht mehr weißt, wie du dich benehmen sollst!* Meine innere Stimme feixt. *Blödsinn! Im Endeffekt bin ich schon eine alte Schachtel mit jeder Menge Lebenserfahrung!*

Esteban begrüßt mich mit Küsschen rechts und links.

Ich klettere auf den Beifahrersitz.

„Arbeitest du schon lange für Nico?"

„Seit zwei Jahren. Ist ein prima Chef."

„Fährst du öfter Damen zu ihm?" Ich kann mir die Frage nicht verkneifen.

Esteban lacht.

„Ey, du magst ihn, oder?" Ich schweige. Esteban grinst.

„Nein, ich fahre heute zum ersten Mal jemanden zu ihm. Er hätte mal was Gutes, Dauerhaftes verdient."

Ich überlege, ob ich ihn auf die komischen Typen von gestern ansprechen soll. Kaum ausgedacht, schon geschehen.

„Sag mal, was waren das eigentlich für

Männer, die gestern Abend am Schiff standen? Die sahen so bedrohlich aus."
Esteban wird schlagartig ernst.
„Kenn ich nicht, da musst du Nico fragen." Ich weiß, dass er lügt und er weiß, dass ich es weiß. Ab jetzt legen wir die Fahrt nach Palma schweigend zurück. Als wir uns dem Passeo Maritimo nähern, glaube ich ein Dejá-Vu zu haben. Die beiden Typen von gestern Abend fuchteln schon wieder vor Nico herum.
„Kennste nicht, hmm? Halt mal an, ich steige hier aus." Das lässt sich Esteban nicht zweimal sagen. Er ist sichtlich froh, dass er nicht bis vor die Esmeralda fahren muss.
Ich nähere mich dem Trio.
„...du hast das zu machen! Sonst...", droht der Hagere.
„Sonst, was?" Nico hat sein Kinn angriffslustig nach vorne gereckt.
Der unangenehme kleine Muskelberg lässt unauffällig ein Butterfly-Messer an der Seite aufklappen. Ich beschleunige meinen Schritt und ruf schon von weitem wie eine bescheuerte Touristin:
„Nico, huhu, Nico!" Die Köpfe der Drei rucken herum.
Dann habe ich Nico erreicht, dränge mich

lang und breit über ihre neue Errungen-
schaft berichtet, kehren meine Gedanken
zu Linda zurück. Hoffentlich gibt es dort
auch was Gutes zu essen.

Der Celler Sa Premsa ist ein zwischen die
Männer und falle dem völlig verdutzten
Nico um den Hals.

„Der Dicke hat ein Messer!" flüstere ich in
sein Ohr, dann wende ich mich, ganz naive Blondine, zu den Beiden um.

„Ich hoffe, meine Herren, sie haben ihre
Geschäftsgespräche beendet. Ich habe
nämlich ein Date und da sind vier, zwei zu
viel." Ich kichere etwas dämlich. Die Beiden drehen sich um, aber im Weggehen
droht der Hagere:

„Das letzte Wort ist noch nicht gespro-
chen, wir kommen wieder!"

„Hui, das war knapp! Geht's dir gut?" frage ich den immer noch verdutzten Nico.

„Wie…wie kommst darauf?"

„Nico, ich bin doch nicht auf der Wurst-
suppe hergeschwommen! Die Typen sind
kriminell und ich würde gerne wissen, ob
du Probleme hast."

„Wer hat die nicht", antwortet er auswei-
chend.

„Ne, ne, ne, kneifen gilt nicht. Vielleicht
habe ich dich gerade vor einer Verletzung

oder sogar dem Tod bewahrt!"
Er lacht.
„Bella Linda, du hast vielleicht eine Fantasie! Ja, die Typen haben was gegen mich, aber keine Angst, das ist nichts Schlimmes! Allerdings, lasse ich mich gerne öfter so von dir retten!" Der Kerl nimmt mich einfach ernst.
„Komm!" Er nimmt meine Hand und hilft mir auf die Esmeralda.
„Es ist ein bisschen frisch, ich habe drinnen gedeckt."
Ich bin völlig geflasht, als ich in die Pantry hinabsteige. Jede Menge Windlichter verbreiten einen warmen, romantischen Schein, eine Flasche Champagner steckt in einem Sektkübel, Kristall blitzt und unzählige Tellerchen mit Tapas zieren den Tisch.
„Wow, das ist aber schön!"
„Gefällt's dir?" Ich nicke. Ich drehe mich um, um ihm etwas zu sagen.
Nico zieht mich heran und bedeckt mein Gesicht mit Küssen.
„Au", rutscht es mir heraus. Sofort lässt er mich los und schaut besorgt.
„Was ist, Bella Linda? Habe ich dir wehgetan?"
„Nein...ja...ich habe eine Sonnenbrand im

Gesicht. Bin heute am Strand eingeschlafen!"

„Du Ärmste!" Er küsst ganz sanft meine Nasenspitze. Während ich mich an den Tisch setze, öffnet Nico den Champagner und schenkt ein.

„Salud!" Ich finde es schön, dass er mir nicht sofort auf die Pelle rückt, sondern gegenüber Platz nimmt. Ich fühle mich befangen und weiß nicht, wie ich das Gespräch in Gang bringen soll. Wir hören ein Poltern und das Schiff schwankt hin–und her.

„Chef?" Es ist Esteban. „Alles in Ordnung?"

„Herrgott noch mal, ja. Was habt ihr denn nur? Nur weil da so ein paar Spackos rumlaufen?"

"Ich mein ja nur." Esteban schaut in meine Richtung. Ich lächle ihn an und zeige den Daumen hoch. Nico folgt Esteban nach oben. Ich höre einige spanische Gesprächsfetzen. Venir otra vez – die kommen wieder – und elimina – loswerden…peligroso – gefährlich, dann werden die Stimmen immer undeutlicher. Offensichtlich schiebt Nico Esteban von Bord.

„Hast du Esteban den Floh ins Ohr gesetzt, dass ich in Gefahr bin?"

„Sorry, aber das bist du doch, schwindle nicht!" Er ist baff.

„Um was geht es denn? Schutzgeld? Drogen?"

„Bella Linda können wir nicht einfach einen schönen Abend genießen!" fleht er.

„Gut, ich sage nichts mehr. Heute. Aber morgen möchte ich mehr wissen!"

Sein strahlendes Lächeln kehrt zurück.

„Wunderbar! Du willst mich also morgen auch wiedersehen!"

Offensichtlich ist mein Unterbewusstsein schneller als der sogenannte klare Verstand. Ich geb's auf. Zumindest für heute. Nico legt eine CD ein. Aus dem Lautsprecher singt gedämpft Norah Jones „Come away with me". Und diesmal setzt sich Nico neben mich.

Mara

Da hat sich unsere Linda doch ganz offensichtlich verliebt, nur zugeben will sie es nicht. Unser Tag am Strand endete für sie mit einem deftigen Sonnenbrand im Gesicht und wir haben ihr als Erste Hilfe Maßnahme Quark und Gurken ins Gesicht gekleistert. Jetzt steht sie hier vor uns und will unser Statement, ob sie gut genug angezogen ist. Ich bestelle erst einmal eine Runde Ramazotti, das Kind muss sich mal entspannen.

Als Esteban sie abholt, drücken wir ihr die Daumen.

„Ob es der heißblütige Spanier wohl ehrlich mit ihr meint?" frage ich.

„Halbspanier", klugscheißt Rosi.

„Wäre ja schön, wenn sie endlich mal einen sicheren Hafen hätte", wünscht Helly.

„Hafen ist gut", kichert Ursi", „den Kapitän und das Boot hätte sie ja schon!"

„Ich finde, wir sollten auch nach Palma fahren", schlägt Rosi vor.

„Weshalb?" frage ich, „willst du dich auf die Lauer legen? Wir sind doch nicht bei den drei Fragezeichen! Oder willst du was spannen?"

„Vielleicht wie sie knutschen und mehr?" entrüstet sich Helly.

„Quatsch, wir können doch ins Sa Premsa

essen gehen." Rosi schaut uns erwartungsfroh an.

„Gute Idee! Dann ziehen wir uns jetzt um
und fahren."

Bei mir geht das Umziehen ja schnell,
schwarz mit schwarz passt immer! Wir
fahren mit dem Bus nach Palma und auf
dem Weg ins Sa Premsa geraten wir in
die Frauenfalle! Die Straße entlang klebt
ein Schuhgeschäft neben dem anderen.
Keiner verschwendet auch nur einen Gedanken mehr an Linda oder ans Essen.
Flache Absätze oder hohe, dicke Sohlen,
Stoff, Knallfarben, feinstes Leder, mit o-
der ohne Bling-Bling, Stiefeletten, Sanda-
letten… wir sind im Kaufrausch. Nach einer Stunde trägt jeder seine Beute vor
sich her. „Wo ist denn Helly?" fragt Gisi,
die ermattet auf eine Parkbank sinkt. Ursi
ist damit beschäftigt die Schnallen ihrer
neuen Sandalen zu verstellen und Rosi
zieht aus ihrem unglaublichen Hilfsmittel-
Reservoir eine kleine Reiseschuhcreme
und beginnt die neuen Ballerinas zu polie-
ren. „Da kommt sie!" Marie zeigt gerade-
aus. „Huhu", ruft Helly schon von weitem,
„guckt mal, ich habe ne neue Tasche!"
Bevor die anderen jetzt auch noch alle in
den Taschenladen stürmen, klopfe ich auf

die Armbanduhr. „In fünf Minuten müssen wir im Sa Premsa sein, die halten den Tisch ja nicht ewig frei!"

Während Helly auf dem Weg dorthin jedem bekanntes Lokal, das gleichermaßen von Einheimischen als auch Touristen besucht ist. Inmitten des großen Raums steht ein alter Brunnen. Einer der älteren Kellner erzählt uns, dass das hier alles mal ein Weingut war und der Brunnen früher draußen. Man hat einfach das Haus drum herum gebaut. Ob's stimmt?

Als wir nach dem Essen noch einen Schnaps wollen, frage ich nach Hierbas, heißt ja so viel wie Kräuter und unser Kellner fragt: „Zum Rauchen oder Trinken?"

Wenn der gewusst hätte wie prophetisch seine Frage war…

8

Hab nicht gesehen, was da vielleicht noch kommt
Was am Ende dann mein Leben und mein kleines Herz zer-
bombt
Denn der Moment ist das, was es dann zeigt, dass die Tage
ziemlich dunkel sind
Doch Dein Lächeln bleibt. (Wolke 4; Philipp Dittberner)

Mein Bett schaukelt sanft hin- und her.
Irgendetwas gluckert. Ich öffne langsam
die Augen. Das Muster einer unbekannten
Bettwäsche sticht mir riesengroß ins Auge. Ich richte mich auf und muss mich
erst einmal zurechtfinden. Ich schau an
mir herunter und sehe, dass ich in meinem Kleid geschlafen habe. Das Schiff
scheint verlassen. Ich klettere aus dem
Bett und taste mich Richtung Pantry.
„Hallo? Nico?" Keine Antwort. Ich verschwinde in einem der kleinen Duschbä-
der. „Eigentlich gar nicht so schlecht",
denke ich nach einem Blick in den Spiegel. Das Augen Make-up ein bisschen ver-
schmiert, das Gesicht immer noch leicht
gerötet, aber sonst alles gut. Während ich
mich auf dem Örtchen niederlasse, frage
ich mich was gestern passiert ist. Irgendwie fehlt die Erinnerung. Ich strenge mich

an und ein paar Brocken tauchen wieder auf. Ich weiß noch, dass wir draußen gesessen haben, einen prima Rotwein tranken, ich hatte mich an Nico gelehnt... und dann war da noch Gesäusel, Küsse...und etwa noch mehr?

Ich weiß es nicht mehr! Ist das peinlich! Die Vibration des Schiffsbodens zeigt mir, dass jemand an Bord ist. Ich beende mein „Geschäft". Es klopft an die Tür. Nico steckt den Kopf herein und strahlt mich an.

„Guten Morgen, Bella Linda? Ausgeschlafen? Ich habe Frühstück besorgt!"

„Danke, aber zuerst brauche ich Zahnpasta..." Kaum ausgesprochen steckt er Zahncreme und eine verschweißte Zahnbürste durch den Türspalt. Ich bin baff. Nico lacht. „Du solltest niemals Poker spielen, ich kann dir am Gesicht ablesen, was du gerade denkst!" Ich blicke ihn fragend an.

„Du hast doch gerade gedacht: Der hat auch alles an Bord, wahrscheinlich hat er das schon öfter gemacht!" Er hat mich durchschaut.

„Beeil dich, ich habe ganz frische Croissants!"

Als ich ihm gegenüber sitze und genüsslich in das warme Gebäck beiße und den Duft von frischem Kaffee in der Nase habe, beugt sich Nico zu mir.

„Du bist die erste Frau, die hier auf der Esmeralda mit mir allein übernachtet hat."

„Ich hab da mal eine Frage." Ich weiß gar nicht, wie ich ihm die stellen soll. Er schaut mich erwartungsvoll an.

„Ähm.. ich… wie, ich weiß nicht wie…wie bin ich eigentlich ins Bett gekommen?" Ich spüre wie ich rot werde. Nico amüsiert sich königlich.

„Nun, sagen wir mal, der Rotwein hat dir einen guten Schlaf beschert.

Besser gesagt, wir haben zwei Flaschen geleert, du hast noch ein paar spanische Lieder geträllert, mir unzählige Witze erzählt und dann sind wir ins Bett gegangen." Das hört sich nach mir an, aber: „Haben…haben wir", ich wedele hilflos mit den Händen in der Luft herum.

„Miteinander geschlafen?" ergänzt Nico. Ich nicke. Er bricht in schallendes Gelächter aus. „Das hätte ich gern, aber du hast irgendetwas vor dich hingebrabbelt und weg warst du. Übrigens du schnarchst!" Ich atme auf. Wäre doch zu schade, wenn ich das erste Mal mit ihm gar nicht mitkriege.

Mein Handy brummt in der Handtasche. Ich schaue aufs Display. Vierzehn WhatsApp, alle von Ursi! Ich schreibe ihr eine kurze Mitteilung.

Handyklingeln scheint ansteckend zu sein, denn auch Nicos' schrillt. Er blickt kurz drauf und sein Gesicht verfinstert sich. Er murmelt eine kurze Entschuldigung in meine Richtung und steigt an Deck. Er spricht spanisch und seine Stimme klingt nicht sehr freundlich.

Ich räume den Tisch ab und suche meine Sachen zusammen.

Nicos Gesicht ist immer noch finster, als er zurückkehrt.

„Bella Linda, ich fahre dich ins Hotel. Ich muss noch dringend ins Büro."

Die Stimmung ist seltsam gedrückt, die Unterhaltung über belanglose Dinge ist schleppend.

Als wir vor dem Hotel halten, nimmt er mich zwar in den Arm, aber es ist ein großer Unterschied zu seinen Umarmungen von gestern Abend. Auch der Kuss ist irgendwie wie Brüderlein küsst Schwesterlein. Er winkt mir noch kurz zu, steigt ein und fährt davon.

Siehste, hatte ich Recht! Der wollte doch

nur das Eine, hat er nicht gekriegt und –
weg ist er! Ich muss der inneren Stimme
diesmal beipflichten. Nicht einmal ein: Ich
ruf dich an!
So schnell kann man von Wolke sieben
purzeln.

9

ich hab alles versucht
die liebe liebt mich nicht
es ist wie auf entzug
die liebe liebt mich nicht (Revolverheld)

Als ich ins Hotel schleiche, ist mir zum
Heulen zumute. Vielleicht habe ich gestern zu viel Blödsinn geredet, meine Un-
abhängigkeit betont und Nico fand das
mit Sicherheit nicht sexy. *Selbst schuld,
hättse mal das blonde Dummchen ge-
spielt! Und dann? Nee, ich bin wie ich bin!*

Mein Handy brummt schon wieder in der Tasche. Ich wühle in den Tiefen herum. Wo bist du blödes Ding? Das ist bestimmt Nico. Da endlich! Auf dem Display steht: Ursi ruft an!

Enttäuscht nehme ich ab. „Hi.“ „He du klingst aber gar nicht gut. Wo bist du?“ „Im Hotel, ich steh vorm Aufzug!“ „Wir sitzen am Pool, komm her!“ Bevor ich antworten kann, hat Ursi aufgelegt. Mir ist so gar nicht nach Gruppengespräch. Als ich am Pool auftauche, sitzen alle mit erwartungsvollen Gesichtern da. Mein lahmes Hallo, lässt nichts Gutes erahnen. Meine Berichterstattung ist auch nur kurz, denn die Hälfte weiß ich ja nicht mehr. „So'n Mist“, flucht Ursi, „gerade wenn's spannend wird, hast du nen Filmriss!“ Helly nimmt mich tröstend in den Arm. „Der meldet sich bestimmt noch. Wisst ihr was? Wir fahren nach Palma und gehen shoppen, das ist das Beste gegen Liebeskummer!“

Also sitzen wir eine Stunde später im Bus nach Palma. Auf der Plaza Espana angekommen, fällt mein Blick auf den Bahnhof. „Planänderung, was haltet ihr von einer Zugfahrt nach Soller?“ Freudige Zustimmung und eine halbe Stunde später sitzen wir in dem ratternden Bähnlein auf unbequemen Holzbänken. Eine moppelige Touristin, die wie eine Karikatur von Manfred Deix aussieht, kreischt bei jedem Zitronenbaum, der zum Greifen nahe an den Fenstern vorbeistreift, begeistert auf.

„Ist das nicht fantastisch, sooo schön! Darf ich mal da fotografieren?" Fragt's und schiebt ihre Massen direkt an meinem Gesicht vorbei zum Fenster. Sie beugt sich vor und ein in hellblauen Stoff verpackter Riesenhintern nimmt mir die Sicht. Da er nur ungefähr fünf Zentimeter von meiner Nase entfernt ist, sitze ich im wahrsten Sinne des Wortes wie festgenagelt auf der Bank. Die Dicke kriegt natürlich nichts mit und ich überlege krampfhaft wie ich mich auf eine möglichst elegante Weise bemerkbar mache. Ich könnte auf den Hintern schlagen oder reinbeißen, da wird es auch schon wieder hell und sie stampft kreischend auf die andere Seite und Gisi wiederfährt das gleiche Schicksal.

„Also, hören Sie mal! Sie erdrücken mich ja mit Ihren Massen!" Gisi ist ehrlich empört. Die Dicke zieht sich diesen Stiefel aber gar nicht an.

„Nur kurz, bin gleich wieder weg!" Dabei

klickt ihr Handy ununterbrochen. „Zitro-
nenbäume in Serie", denke ich. Die Dame
zieht sich ans andere Ende des Abteils
zurück und scheint ihre Fotos zu begut-
achten.

Ursi beugt sich zu mir: „Sag mal, hattest
du auch das Gefühl, dass die uns fotografiert hat?" „Nö, warum sollte sie?" „Also,
ich glaube, das ist keine Touristin!"
Wir wenden so unauffällig wie möglich die
Köpfe und werfen der Dicken einen Blick
zu. „Fragt sie doch einfach." sagt Helly,
die das Gespräch mitbekommen hat. „Das
geht doch nicht!" „Wieso?" Helly setzt ihr
Klein-Mädchen-Gesicht auf und ehe wir es
verhindern können, sitzt sie schon neben
der Zitronenbaum-Fotografin.

„Hallo, ich habe meinen Fotoapparat vergessen. Darf ich mal die tollen Aufnahmen
sehen? Ich bin auch so begeistert von der
Landschaft!" Die Dicke stutzt und blickt
misstrauisch. Aber Helly spielt das naive
Mädchen Oskar reif und hat schon einen
Blick aufs Display werfen können.

„Hach, wie toll! Das sind ja wir! Können
Sie mir das schicken? Bitte, bitte", ruft
sie. „Verschwinden Sie!" droht der Moppel
mit finsterem Gesicht und ihre Stimme
hat so gar nichts mehr freundlich-

euphorisches. Dann erhebt sie sich schwerfällig und watschelt über die schwankende Verbindungsbrücke in den nächsten Waggon. Helly kommt zu uns zurück.

„Du hattest recht, Ursi, die hat jede Menge Bilder von uns, aber hauptsächlich von dir, Linda." „Von mir? Die kennt mich doch gar nicht!" „Seltsam", murmelt Ursi, „da ist was oberfaul. Wir lassen dich jetzt keine Minute mehr aus den Augen." In Port Soller angekommen, bummeln wir durch die Gässchen. Ich bin umzingelt von meinen Bodyguards. Die Dicke ist nicht mehr zu sehen.

„Du gehst nachher zum Nico", sagt Gisi bestimmt, „vielleicht lässt der dich überwachen!" Der Gedanke bei Nico aufzutauchen ist gar nicht so übel. Schließlich habe ich dann ja einen triftigen Grund.

„Da hinten ist wieder die Dicke!" Marie deutet nach links. Und tatsächlich! Da steht sie und beobachtet uns. Als sie merkt, dass wir sie gesehen haben, dreht sie sich um und verschwindet in einer Eisdiele. Ich habe ein mulmiges Gefühl. Das ist ja wie in einem drittklassigen Krimi! Ich kann mir allerdings nicht erklären, warum sie gerade mich verfolgt. Wir lassen uns in einem Café nieder. „Sag mal", fragt Gisi, „ welchen Grund könnte diese Tante haben, dich zu verfolgen?" „Genau", steigt Ursi ein, „ denk mal nach!" Ich fange an alles aufzuzählen, was mir in den Sinn kommt. Die komischen Typen, die ausweichenden Antworten von Nico, Estebans Angst, das Telefonat heute Morgen, Nicos verändertes Verhalten.

„Ich glaube nicht, dass er mich überwachen lässt, ich glaube vielmehr, das hat was mit diesen Männern zu tun." „Vielleicht wird er erpresst", mutmaßt Marie, „und weil du einen Teil des Gesprächs gehört hast..." Die Anderen winken ab. „Nee, das glaub ich nicht!" Mara schüttelt den Kopf. Mein Handy brummt. Eine WhatsApp von Nico! Voller Angst öffne ich die Nachricht: „Muss dich heute Abend sehen. Komm nach Can Pastilla in die Carrer Palangres 7, da ist mein Büro." Schlagartig hebt sich meine Stimmung. „Ich soll heute zu ihm kommen, dann muss er mir das mal erklären!"

„Da werden wir dich aber begleiten." Maras Feststellung duldet keine Widerrede. Als ich protestieren will, meint sie: „Keine Angst, wir gehen nicht mit rein, aber wir sind der Nähe!" Die Dicke ist nirgendwo zu sehen.

Als auf der Rückfahrt in unser Hotel der
Bus in Can Pastilla hält, drängt die ganze
Meute nach draußen. Mein Vorschlag,
mich erst im Hotel ein wenig aufzuhüb-
schen, wird rigoros abgelehnt.
„Das fehlt noch! Wenn der dir wirklich
hinterherspioniert, dann gibt's nur eins:
Ihn abschießen! Dazu brauchst du dich
nicht aufzutakeln! Los jetzt!" Ursi gibt mir
einen Schubs. Der Bus fährt weiter und
im letzten Moment sehe ich einen hell-
blauen Monsterbusen im Rückfenster. Die
Dicke ist unbemerkt mit gefahren. Sie
grinst und hebt ihr Handy ans Ohr. Was
hat das zu bedeuten?
Rosi hat in ihr Handy die Adresse einge-
geben und navigiert uns nun in Richtung
Can Pastilla Hafen. Je näher wir unserem
Ziel kommen, desto langsamer werde ich.
Wenn ich mich nun gar nicht mehr melde?
In drei Tagen fliege ich eh nach Hause.
Feigling, Feigling! trommelt meine innere
Stimme.
Marie stoppt vor einer Tapas Bar. „Hier
können wir doch warten, da muss es
sein. Hier ist Nummer neun." Außer mir
suchen sich alle einen Platz. Ich atme tief

durch und mache mich auf den Weg.
Dann stehe ich vor einem winzigen Laden.
Nur eine gläserne Tür lässt Licht in den
schmalen Raum. Eine Glocke bimmelt als
ich eintrete. Mein Herz hämmert und
mein Mund ist ganz trocken. Und da steht
er! „Hola, Bella Linda, schön dass du da
bist!" Er schließt mich in die Arme und
drückt mich so fest, dass ich kaum noch
atmen kann. „Ach, Linda, Linda, ich werde dich vermissen!" Ich wühle mich frei.
Seine Augen blicken traurig.
„Was willst du mir damit sagen?" „Ich
kann nicht mit dir zusammen sein…"
„Weshalb?" Ich habe einen fetten Kloß in
der Kehle.
„Ich…es geht nicht…es ist zu gefährlich…ich…", stammelt er und bevor er zu
einer weiteren Erklärung ansetzen kann,
wird die Tür aufgerissen. Zwei wohlbe-
kannte Figuren stürmen herein, zwei flei-
schige Arme umschlingen mich und ich
spüre etwas Kaltes, Hartes an meinem
Hals. Nico will sich auf den Glatzkopf stürzen, aber der Hagere kommt ihm zuvor.
Er holt mit einer Stahlrute aus und trifft
Nico damit in den Magen. Der klappt mit
einem Schmerzenslaut zusammen. Der
Hagere lächelt hämisch, reißt Nico an den

Haaren nach oben und stellt einen Fuß auf seinen Unterleib. „So, letzte Warnung, das Paket liegt am bekannten Ort, du weißt, was du zu tun hast. Sonst kannst du dich von der Kleinen da verabschieden!" Dann schlägt er noch einmal kräftig zu und Nico sackt zusammen. Ich spüre, wie mir etwas Warmes am Hals hinunterläuft. Ich versuche dem Dicken so schwer wie möglich im Arm zu hängen, doch der schleift mich herum wie eine Stoffpuppe. Der Blonde schiebt die Stahlrute wieder zusammen und deutet mit dem Kopf an, dass Glatze und ich mitkommen sollen. Meine Gedanken arbeiten fieberhaft. Wenn ich mich wehre, sticht er mich dann ab? Aber dann haben sie keinen Trumpf mehr in der Hinterhand. Ich will es riskieren. Wir haben die Tür fast erreicht. Ich beginne zu zappeln und zu zucken, was zur Folge hat, dass sich das Messer ein Stückchen weiter in meine Haut bohrt. Der Schmerz ist höllisch. Bevor der Hagere die Tür aufreißen kann, stürmen sechs brüllende Frauen in den Laden. Allen voran Ursi mit einem halbvollen Maßkrug, in dem noch ein Aloe-Vera Drink schwappt. Ohne Ankündigung drischt sie den Krug auf die Glatze. Der lässt mich sofort los und gibt einen Grunzlaut von sich. Der Hagere sieht sich von Mara, Gisi und Rosi umzingelt, die schlagen, kratzen, treten und schubsen, was das Zeug hält. Marie reißt die Tür auf und der Hagere fliegt im hohen Bogen auf das Pflaster. Die Glatze hat in der Zwischenzeit nur einmal den Kopf geschüttelt und versucht mich erneut in seine Gewalt zu bringen. Helly hat den Tresen erobert und drischt dem Muskelmann ein Modell der Esmeralda über den Schädel. Das wird selbst dem Glatzkopf zu viel und er torkelt hinaus zu seinem Kumpel.

Ursi kümmert sich um den bewusstlosen Nico und Marie drückt mir ein Taschentuch auf die Schnittwunde am Hals.

„Danke, Mädels", hauche ich und es wird schwarz um mich.

Marie

Die arme Linda! Hat sich das Mädel doch so was von verliebt, gibt es aber auf gar keinen Fall zu. Dieser Nico ist aber auch ein hübscher Kerl. Aber offensichtlich hat er ein Geheimnis. Irgendwas stimmt nicht mit ihm, das sagt mir mein Gefühl. Heute sind wir mit dem historischen Zug nach Soller gefahren. Eine unglaublich korpulente Frau scharwenzelte die ganze Zeit um uns herum und dann stellte sich heraus, dass sie haufenweise Fotos von uns gemacht hat. In Soller beobachtete sie uns und jetzt vermuten wir, dass Nico Linda hinterher spioniert.

Nun sind wir auf dem Weg nach Can Pastilla und Linda soll diesen Nico zur Rede stellen.

„Hier können wir uns doch hinsetzen und warten." Alle suchen sich einen Platz und Linda geht langsam zu Nicos Büro. Sie dreht sich immer wieder um und würde am liebsten bei uns bleiben. „Wir kommen in einer halben Stunde nach", beruhigt Mara sie. Ursi und Gisi zünden sich nervös eine Zigarette an. Ursi hat sich unseren berühmten Aloe-Vera-Drink bestellt.

„Brauch ich jetzt", sagt sie trotzig, als Rosi eine Augenbraue hochzieht. Ich löffle genüsslich den Milchschaum von meinem Cappuccino und beobachte die Passanten. Moment mal, die zwei Typen auf der anderen Straßenseite kenne ich doch! „Mädels", keiner hört mir zu, "Mädels", wiederhole ich mit Nachdruck und klopfe auf den Tisch, „da drüben ist das Verbrecher-Duo, die...die gehen auch zu Nico. „Waaas?" Gisi springt auf und wirft ihre Zigarette weg. Mara schmeißt das Geld für den Kellner auf den Tisch. Zwischenzeitlich sind die Beiden längst in Nicos Büro verschwunden. Wir machen uns im Laufschritt auf den Weg. „Kannst du mal vorsichtig durch die Tür gucken?" Ursi steht mit dem Maßkrug in der Hand hinter mir. Ich gehe langsam an dem Eingang vorbei und was ich sehe, lässt mit die Haare zu Berge stehen. „Leute, die schlagen Nico gerade zusammen und der Glatzkopf hat Linda im Schwitzkasten!" Die werden wir jetzt überraschen!" Ursi hebt den Krug und gibt das Signal zum Angriff. Und dann geht alles rasend schnell. Der dürre Blonde ist so überrumpelt, dass er uns nichts entgegenzusetzen hat und fliegt im hohen Bogen nach draußen. Als auch die Glatze flieht, sehe ich erst dass Linda verletzt ist. Aus einer Wunde am Hals quillt Blut. Ich drücke ihr ein Taschentuch auf die Wunde und dann wird Linda ohnmächtig. Ursi kümmert sich um Nico. Der hat eine Platzwunde an der Augenbraue und schaut sie benommen an. „Ursi, Linda ist ohnmächtig! Was soll ich tun?" „Schüttele sie kurz und sprich mit ihr!" Wenige Augenblicke später öffnet sie die Augen.

12

Nur ein kleiner Tipp wenn du am Boden bist, dann stell dir vor
das Unten Oben ist.
Du sitzt im Karussell und dir wird ganz schwindelig.
Es dreht sich viel zu schnell. (Anett Louisan)

Ich höre Stimmen wie durch Watte, flatternd öffne ich die Lider. „Sie ist wieder da", freut sich Marie. Mit ihrer Hilfe richte ich mich etwas wackelig auf. Auch Nico hat die Augen geöffnet, wirkt aber noch benommen. Der Laden sieht ziemlich ramponiert aus. Ursi fragt Nico: „Wie viele Finger siehst du?" „Vier", antwortet er richtig. „Sollen wir einen Krankenwagen rufen?" Er schüttelt den Kopf. Er blickt in meine Richtung, sieht das blutige Taschentuch an meinem Hals und gibt einen erstickten Laut von sich. In der Zwischenzeit stehe ich wieder auf meinen Beinen und gehe zu ihm. „Es tut mir so unendlich leid, Bella Linda. Deshalb", er zeigt auf das Chaos, „wollte ich dich nicht mehr treffen." Er richtet sich langsam zu voller Größe auf. „Und auch bei euch muss ich mich entschuldigen und außerdem danke sagen. Ohne eure Hilfe wäre Linda entführt worden."

Helly hat unter der Theke einen Verbandskasten gefunden und so prangt kurz darauf auf meinem Hals und an Nicos Stirn ein Pflaster.

Gisi macht eine Bestandsaufnahme.

Verletzte: Sechs. Mara (drei abgebrochene Fingernägel), Gisi (Bluterguß am Schienbein), Helly (Kratzer am Oberarm), Rosi (blauer Fleck am Rücken), ich (oberflächliche Schnittwunde am Hals), Nico (Verletzung an der Augenbraue und Bluterguss am unteren Rippenbogen)lediglich Ursi und Marie sind ohne Blessuren davongekommen. Eine Topfpflanze hat das Handgemenge nicht überlebt, Scherben und Blumenerde bedecken den Boden.

Das Modell der Esmeralda ist hinüber, die Masten sind alle abgerissen, der Bug geborsten.

„Ich glaube, du bist mir...uns jetzt eine Erklärung schuldig." Meine Stimme ist krächzig. „Ja, ihr habt Recht. Kann jemand etwas zu trinken besorgen?" Marie und Ursi machen sich auf den Weg.

„Sollten wir nicht die Polizei rufen?" Rosi zückt ihr Handy.

„Nein, nein, nicht die Polizei", bittet Nico, „das muss ich geschickter angehen."

Marie und Ursi erscheinen mit drei Six-packs Bier und nachdem Mara mit einem Besen den Boden notdürftig vom Dreck befreit hat, setzen wir uns alle hin. „So, Nico und jetzt mal Butter bei die Fische!" fordere ich ihn auf. „Wir sind heute den ganzen Tag von einer fetten Frau verfolgt und fotografiert worden. Weißt du was darüber?" Er blickt uns völlig erschüttert an. „Das kann nur Tula gewesen sein!" „Tula?" fragen wir im Chor. „Es gibt in Palma einen Vorort, der heißt Son Banya, da macht selbst die Polizei einen großen Bogen drum. Besser bekannt als das Dea-ler-Dorf." Er macht eine kleine Pause. „Dort leben hauptsächlich Zigeuner, wir nennen sie Gitanos. Tula ist die Tochter von Santos, ein Verwandter von La Paca, die vor ein paar Jahren ins Gefängnis musste. La Paca war die ungekrönte Kö-nigin der Drogen."

„Aber was hast du damit zu tun? Und was waren das für Typen?"

„Der Glatzkopf heißt Nano und gehört zu diesem Clan, der Blonde ist Herbert, ein Deutscher, der schon ewig hier wohnt und für Santos arbeitet. Ich habe vor Jahren mal als eine Art Drogenkurier fungiert", er schaut in die Runde, „keine Angst, das

mache ich nicht mehr, aber immer wieder
wollen sie mich dazu zwingen. Sie drohen
mir, der Polizei einen Tipp zu geben, wollen mein Geschäft ruinieren. Esteban und
ich durchsuchen vor jedem Törn das
Schiff von oben bis unten, ob irgendwo
Drogen versteckt wurden. Bisher haben
sie es nicht geschafft und es blieb bei
Drohungen. Aber nun", er blickt mich an,
„haben sie eine Schwachstelle entdeckt,
um mich unter Druck zu setzen. Dich! Also wurde Tula auf dich angesetzt, um Fotos zu machen. Die haben mir deine Fotos
geschickt und gedroht dich umzubringen!"
„Siehste", sagt Ursi, „hatte ich doch
recht!"
„Aber es hätte doch jede andere aus der
Gruppe sein können", werfe ich ein. „Nano und Herbert konnten dich doch identi-
fizieren. Erinnerst du dich an das Telefonat heute Morgen?" Ich nicke.
„Schon da wurde mir gedroht, dir etwas
anzutun. Die haben uns beobachtet."
„Ich hab da eine Idee", mischt sich Gisi
ein", dazu müssen wir die Polizei aber mit
einbinden. Also, das habe ich mir über-
legt…"

Es ist weit nach Mitternacht als unser Plan

steht. Nico schließt den Laden ab. „Müssen wir nicht saubermachen?" „Das macht Esteban morgen. Ich fahre nach Santa Margalida und du kommst bitte mit, das ist sicherer." Seine Bitte ist keine Bitte, sondern eine Anordnung. Wir fahren alle ins Hotel und ich packe ein paar notwendige Sachen ein.

„Seid bloß vorsichtig." Alle drücken mich zum Abschied. „Wir sehen uns morgen", winke ich und steige in Nicos Bus.

Eine Weile fahren wir schweigend durch die Nacht. Eine seltsame Befangenheit macht sich breit. Als wir die Touristenhochburg hinter uns gelassen haben, fährt Nico rechts ran.

„Bella Linda, kannst du mir verzeihen? Ich habe dich in Gefahr gebracht und das wollte ich nicht. Ich fühl mich so verdammt schuldig."

„Willst du denn immer noch, dass ich gehe?" *Sag nein!* „Wenn es der einzige Weg ist, dein Leben zu schützen, ja!" Ich bin völlig gerührt und mir wird es ganz warm ums Herz. „Nico, ich bin schon groß! Wenn ich meinen Gegner kenne, dann sollte er sich warm anziehen, ich gebe nicht klein bei und du hast heute erlebt, dass du verlässliche Freunde gefunden hast."

„Du bist großartig und tapfer, ich lobe den Tag, an dem ich dich kennengelernt habe." Er beugt sich zu mir und nimmt mich in seine Arme. Sein Kuss ist voller Leidenschaft und am liebsten würde ich mich mit ihm auf die Rückbank verkrümeln.

„Lass uns fahren." Seine Stimme ist heiser. „Wir haben noch einige Kilometer vor uns." Während der Fahrt, hängt jeder seinen Gedanken nach. Von Zeit zu Zeit greift Nico nach meiner Hand und drückt sie. Ich könnte ewig so neben ihm sitzen.

„Wir sind gleich da", bricht er das Schweigen.

Die Scheinwerfer beleuchten ein großes schmiedeeisernes Tor. Auf den Pfosten links und rechts thronen zwei kleine Löwen. Nico steigt aus, entriegelt das Tor und quietschend schwingen die Flügel auf. Wir fahren hindurch und er schließt wieder sorgfältig ab.

„Macht das denn Sinn? Können Einbrecher denn nicht über die Mauer klettern?"

„Können schon, aber das ganze Grundstück ist von einer zweieinhalb Meter hohen Steinmauer umgeben und oben drauf gibt es sehr hässliche, einbetonierte Glasscherben."

„Hast du das alles gemacht oder machen lassen?"

„Nein, ich habe die Finca schon so gekauft. Ich nehme mal an, der Vorbesitzer hatte ein ausgeprägtes Sicherheitsbedürfnis."

Wir fahren über einen sandigen Weg auf ein Haus zu. Als der Wagen vor dem überdachten Eingang hält, flammt ein Bewegungsmelder auf. Kaum ausgestiegen, hören wir hinter der Haustür eine Stimme: „Wer ist da?"

„Ich bin's, Mutter", antwortet Nico. Die Türe öffnet sich zuerst einen Spalt und dann ganz und vor dem hellen Hintergrund, sehe ich eine zierliche Frauengestalt im Nachthemd, die lässig eine Pumpgun auf der Hüfte abstützt. „Hallo, Mom." Nico geht auf die Frau zu und nimmt sie in den Arm. "Warum hast du dich nicht angemeldet? „ fragt sie. Während sie spricht, beobachtet sie mich interessiert, flüstert etwas und schaut dann fragend ihren Sohn an. Nico folgt ihrem Blick und winkt mich heran.

„Das ist Linda", er zögert kurz, „meine Freundin!" Es scheint als warte er angstvoll darauf, dass ich das dementiere. Ich lächele und reiche der Mutter die Hand.

Sie ignoriert es, bittet uns aber rein.
„Uuups", denke ich, „die ist doch hoffentlich nicht eifersüchtig?" Das fehlt mir
noch.

11

Was kann denn schöner sein
als im Hier und Jetzt zu sein.
Wir atmen Liebe, tanken Licht,
genießen jeden Augenblick.
(Wir feiern das Leben; Michelle)

Erst als wir in die Küche eintreten, dreht die Mutter sich zu mir um. „Willkommen in unserem Haus. Ich mache euch jetzt erst mal einen Tee und dann erzählt ihr mir, warum ihr nachts um zwei Uhr hier aufschlagt und dann", sie zeigt auf unsere Pflaster, „in dem Zustand." Während das Wasser kocht, fasst Nico die Ereignisse des Abends knapp zusammen. Dabei erwähnt er, wie mutig die Frauen waren. „Und vor allen Dingen du!" Dabei nimmt er meine Hand und streichelt sie. Ein Lächeln huscht über das Gesicht der Mutter. Sie stellt die Teetassen vor uns ab. „Ich heiße Marianne und wir können gerne du sagen." Nico schmunzelt. „Meine Mutter ist noch ganz die 1968er Generation. Love, Peace and Rock'n Roll! " Sie gibt ihm scherzhaft einen Klaps. "Das war 'ne tolle Zeit, da kannst du gar nicht mitreden. Aber jetzt Spaß beiseite, was wollt

ihr unternehmen, du hast da gerade sowas erwähnt."
„Ja, wir haben einen Plan ausgeheckt, wie wir das Pack kriegen können. Dazu hole ich morgen die Mädels hierher. Mach dir schon mal Gedanken, was es zu essen gibt", grient er. Sein Blick sucht meinen und Marianne entgeht das nicht. „Wisst ihr was? Es wird höchste Zeit schlafen zu gehen. Ich mach mal die Betten. Einzel- oder Doppelzimmer? " fragt sie lächelnd. Nico schaut abwartend zu mir. „Ich denke ein Doppelzimmer", sage ich. Nico strahlt. Als seine Mutter die Küche verlassen hat, nimmt er mich die Arme und flüstert in mein Ohr: „Ich kann es kaum erwarten, neben dir zu liegen." „Gott sei Dank nicht so wie gestern", denke ich und freue mich auf unsere gemeinsame Nacht. Aber da meldet sich auch schon die verflixte innere Stimme. *Weißt du überhaupt noch wie das geht? Was, wenn du die absolute Nullnummer in puncto Sex bist? Wenn er dich doch zu alt findet?* „Fertig." Marianne ruft uns. Das Zimmer ist nicht sonderlich groß. Das Bett dominiert den Raum. Es ist aus dunklem Kastanienholz mit vier hohen gedrechselten Bettpfosten, einem weißen Baldachin und

weißen, duftigen Vorhängen an allen Seiten. Die Liegefläche ist viel kleiner, als ich es von deutschen Betten gewohnt bin. Marianne weidet sich an meinem Gesichtsausdruck. „Ja, es ist kleiner, als die Betten in Deutschland, aber es ist das perfekte Bett für ein Liebespaar. Gute Nacht, ihr Beiden." Ich stelle die wenigen Sachen, die ich mitgenommen habe auf einen Stuhl und verschwinde im angrenzenden Bad. Jetzt eine warme Dusche! Als das Wasser auf mich herunterprasselt, habe ich das Gefühl, nicht nur Schmutz sondern auch alle Unsicherheit abzuwaschen.

Als ich mich in das Duschtuch gewickelt habe, klopft es. Marianne steckt ihren Kopf durch die Tür. „Darf ich noch mal stören und reinkommen, Liebes?" Sie wartet meine Antwort gar nicht ab. „Ich werde erst einmal deine Wunde verarzten. Nico hat mir erzählt, wie das genau zustande gekommen ist." Sie lässt keine Widerrede gelten und tupft die Verletzung vorsichtig ab. „Ist nur ein kleiner Schnitt und die kleine Narbe wird dich immer an das Abenteuer erinnern. Ich muss das allerdings richtig desinfizieren, wer weiß, wo der Gitano sein Messer schon überall reingebohrt hat." Sie pinselt etwas auf die Verletzung, es brennt höllisch. Marianne begutachtet zum Schluss ihr Werk und ist zufrieden. Ich trage jetzt ein weißes Halsband aus Mull. „Nochmal gute Nacht, wir sehen uns morgen." Als ich das Schlafzimmer betrete, steht auch Nico mit einem Handtuch um die Hüften vor mir. „Ich wäre gerne zu dir unter die Dusche gehüpft, aber vielleicht hättest mich mit der Badebürste hinausgeprügelt!" Ich muss lachen. Die einzige Beleuchtung im Raum ist eine Stehlampe, die ein warmes, schwaches Licht abgibt. „Faltenfreundlich", denke ich. Wir stehen dicht voreinander und als ich die Arme um seinen Nacken lege, rutscht das Handtuch herunter. Nicos Hände folgen dem Schwung meines Rückens und verharren auf den Pobacken. Er packt mich und trägt mich zum Bett. Ich erwidere seine zärtlichen Küsse und seufze wohlig. Wir gehen behutsam, vorsichtig miteinander um. Für hemmungslosen, leidenschaftlichen Sex ist in dieser Nacht kein Platz.

Marianne

Als nachts um zwei plötzlich der Bewegungsmelder aufflammt, habe ich schon ein komisches Gefühl. Seit Nico mit diesem unseligen Santos zusammen gearbeitet hat, bin ich wachsam. Wachsamer als sonst. Seit Chico, mein Hund gestorben ist, lebe ich hier auf unserer Finca mutterseelenallein. Nico ist nur in den Wintermonaten einige Wochen täglich hier. Er schläft auf seinem Schiff, angeblich weil es zu umständlich ist, jeden Tag hierher zu fahren. Ich glaube eher, er passt auf die Esmeralda auf. Also, springe ich aus dem Bett und greife zu meinem Gewehr. Ich höre ein Auto vor der Tür. Es ist Nico! Kann der dumme Junge sich nicht anmelden? Jagt seiner alten Mutter nachts einen Schrecken ein. Als ich die Tür öffne, sehe ich auch noch eine Frau in seinem Schlepptau. „Wer ist das?" flüstere ich ihm ins Ohr. Als er mir Linda vorstellt bin ich überrascht. Sie ist zweifelsohne hübsch, aber auch nicht mehr die Jüngste. Vor lauter Überraschung vergesse ich sogar ihr die Hand zu geben.

Als Linda unter der Dusche steht, muss Nico meine Neugier befriedigen.

„Wer ist sie? Wo hast du sie kennengelernt und wie lange geht das schon?"

„Mutter, so viele Fragen auf einmal", lacht mein Sohn.

„Sie ist Deutsche, vierzehn Jahre älter als ich und ich kenne sie seit...lass mich überlegen...seit vier Tagen."

Ich bin sprachlos. Vierzehn Jahre älter? Dann ist ja sie mal gerade zehn Jahre jünger als ich! „Seit vier Tagen sagst du? Du hast mir doch mal gesagt, dass du nur eine Frau mit hierher bringst, wenn du ernste Absichten hast?" Er schlürft seinen Tee. „Hm, ja, hab ich." „Ja und?" drängle ich. „Ja, stimmt, alles richtig. Ich geh jetzt auch duschen." Spricht's und lässt mich stehen. Das heißt also...also ihm ist es ernst mit dieser Linda? Ich schau mal nach ihr, da kann ich die Verletzung gleich verarzten.

Sie sieht gut aus. Ich habe an ihrer Figur nichts auszusetzen und sympathisch ist sie auch. Ich verkneife mir noch weitere Fragen. Ich bin ja morgen mit ihr alleine. Auf dem Flur begegne ich Nico mit einem Handtuch um die Hüften. „Na, Mamita, hast du sie einer peinlichen Befragung unterzogen?" grinst er.

„Quatsch, aber sie scheint wirklich lieb zu sein. Schlaft gut, ihr zwei."

Nico geht pfeifend in das Zimmer. So aufgeräumt und glücklich, trotz der turbulenten Ereignisse habe ich meinen Sohn schon lange nicht mehr erlebt.

Hoffentlich bleibt das so!

*

Der frühe Morgen dämmert und ich wache auf. Ich betrachte Nico. Wie entspannt und friedlich er aussieht. Eine Welle der Zärtlichkeit überrollt mich und ich streichele über seine dunklen Locken. Er seufzt im Schlaf und sein linker Arm umschlingt mich. Wir müssen heute noch so viel vorbereiten, hoffentlich gelingt unser Plan. Geistesabwesend zupfe ich an den Härchen auf seinem Unterarm. Der Arm umschlingt mich plötzlich wie ein Krake und ehe ich mich versehe, liege ich auf ihm. Seine goldbraunen Augen funkeln mich an und ein breites Lächeln erscheint auf seinem Gesicht. „Guten Morgen", flüstere ich. „Guten Morgen. Wo sind wir ei

„Weiß nicht", kichere ich. „Dann müssen wir das noch mal wiederholen, solange bis du es weißt".

Als die Sonne aufgeht, weiß ich es.

Durchs Haus weht der Duft von frischem Kaffee. Ich höre Marianne in der Küche rumoren. „Hallo", sage ich ein wenig befangen. „Guten Morgen, Linda. Nimm Platz, ich mache gerade Pancakes. Möchtest du auch welche?" Ich nicke. Nico marschiert draußen vor den Fenstern telefonierend auf und ab

„Habt ihr gut geschlafen?" Dabei lächelt sie hintergründig. Ich spüre den Anflug von Röte. „Ach, Linda, ich freue mich so sehr für Nico und dich. Ich hoffe, dass es bei dir nicht nur ein Strohfeuer ist und du mehr als seinen Körper begehrst." In diesem Moment betritt das Objekt meiner gentlich heute Nacht stehen geblieben?" Begierde die Küche. „Hmm, Pfannkuchen." Er küsst meinen Nacken und seine Mutter auf die Wange.

Während wir frühstücken, gehen wir den Tagesablauf noch einmal durch.

„Ich fahre gleich nach Arenal, fange die Mädels ein. Dann geht es nach Palma. Wir checken die Esmeralda und", Nico schaut auf die Uhr, „um halb elf habe ich einen

Termin bei der Guardia Civil." „Die Guardia Civil", echoe ich, „nicht die Polizei?"
„Nein, für die Drogenbekämpfung ist die Guardia zuständig. Wahrscheinlich schließt sich auch noch die SEMAR an, die nationale Küstenwache."
„Kann ich nicht doch mitkommen?" bettele ich. „Nein, du bleibst besser hier. So gegen zwei oder halb drei treffen wir uns hier...und ich muss ich ja auch noch ein bestimmtes Paket abholen, das wäre zu gefährlich."
Eine halbe Stunde später sehe ich seinen Bus durch das Tor verschwinden.

12

Ich weiß nicht mal, wie es weitergeht
und wohin das alles führt,
doch ich weiß, ich hab' mich so in dich verliebt.
(Du hast mir so den Kopf verdreht; Anna Maria Zimmermann)

Marianne legt ihre Hand auf meinen Arm. „Komm, er ist ein vorsichtiger Mann, ihm passiert schon nichts!" versucht sie mich zu beruhigen. „Das sah gestern aber noch ganz anders aus", entgegne ich. „Warum hat er denn so einen Blödsinn gemacht und sich mit diesen Kriminellen eingelassen?" „Das ist eine längere Geschichte." Ihr Gesicht wirkt plötzlich verschlossen. „Möchtest du mich zum Markt begleiten?" Ich nicke.
Auf der Fahrt zum Wochenmarkt nach Santa Margalida bricht Marianne zuerst das Schweigen. „Nun frag schon. Ich sehe doch, wie es in dir arbeitet. Ich werde alle Fragen beantworten, soweit ich kann."
„Nico hat mir erzählt, dass er verheiratet war und seine Ex Kinder hat, die aber nicht von ihm sind, oder doch?"
„Ja, das ist wirklich kompliziert. Viola ist ein dunkles Kapitel, das muss dir Nico

aber selbst erzählen." Ich würde sie jetzt noch gerne nach seinem Vater fragen, wage es aber nicht.

„Ich weiß nur eins", sagt sie, „dass du für ihn mehr als ein Flirt bist. Du bist die erste Frau nach seiner Scheidung, die er mit nach Hause gebracht hat."

„Und vorher hat er gelebt wie ein Mönch?" Marianne lacht.

„Nein, du bist doch nicht mit Blindheit geschlagen, oder? Für so einen attraktiven Mann ist es ein leichtes, Frauen abzuschleppen. Zumal sich viele Touristinnen geradezu anbiedern. Nach seiner Trennung hat er es, wie sagt man, ordentlich krachen lassen." Irgendwie versetzt mir das einen kleinen Stich und ich spüre so etwas wie Eifersucht. Marianne tätschelt meine Hand. „Das ist aber ganz offensichtlich vorbei. Seit über einem Jahr gab es keine Frau mehr. Deshalb war ich mehr als überrascht, als er dich mitbrachte. Ich entschuldige mich auch noch dafür, dass ich dich nicht richtig begrüßt habe."

„Erzählt er dir eigentlich alles?" frage ich.

„Nicht alles, aber wir haben ein sehr gutes Verhältnis. Deshalb weiß ich auch, dass er dich sehr mag, vielleicht sogar mehr als das."

„Das hat er mir allerdings noch nicht gesagt". Ich bin erstaunt und gleichzeitig
freue ich mich.

„Ich weiß, er hat es noch nicht gewagt."
Nico und schüchtern? Das passt gar nicht
zu ihm.

Wir haben den Markt erreicht. Marianne
steuert auf einen Fleischstand zu.

„Ich koche für euch Frito Mallorquin, das
ist gemischtes Schweinefleisch mit Gemüse." „Marianne, ich bin Vegetarierin", ge-
stehe ich und bevor sie antworten kann
sage ich, „keine Bange, ich koche gerne
und Fleisch bekommen meine Gäste auch.
Darf ich dann das Gemüse aussuchen?"

Unsere Körbe sind voll. „Da ist Pere." Marianne marschiert auf einen Stand mit Käse und diversen Weinfässern zu. „Pere
macht einen unfassbar guten Landwein."
Pere umarmt Marianne und sie unterhalten sich angeregt. Ich höre irgendetwas
von Amiga und Novia und auch Nicos
Name fällt. Pere betrachtet mich interessiert. Er zapft einen blutroten Wein aus
einem der Fässer und wir müssen kosten.
Während ich trinke – schmeckt wirklich
klasse – sagt er etwas zu Marianne. Sie

blicken mich beide an und lachen. „Was ist so lustig?" frage ich verunsichert. „Pere meint, das wäre ein prima Wein für eure Hochzeit." „Danke, aber eine Hochzeit sehe ich nicht."

Als wir wieder im Wagen sitzen, fragt Marianne: „Bist du sauer? Pere fand dich hübsch und hat mich gefragt wer du bist. Und ich habe ihm gesagt Nicos Freundin, vielleicht mal Braut. Da geht dem Mallorquiner das Herz auf, die feiern nämlich für ihr Leben gern."
„Nein, ich bin nicht sauer, aber wenn ich das Wort Hochzeit höre, habe ich immer Fluchtgedanken. Nach zwei gescheiterten Ehen auch kein Wunder."
Meine Gedanken wandern zu Nico. Was er wohl gerade macht? Ob er die Mädels schon eingesammelt hat? Ich blicke auf die Uhr. Halb elf. Jetzt müsste er beim Comandante der Guardia Civil sitzen. Ob er das besagte Paket schon abgeholt ab? „Hör auf zu grübeln, wir sind da".

Als wir die Einkäufe in der Küche ausgebreitet haben, beginnt Marianne mit dem Fleisch und ich schneide das Gemüse. „Du hast mich noch gar nicht nach Nicos Vater gefragt", sagt sie beiläufig.

„Nico hat mir gesagt, dass er tot ist." „Ja, für Nico ist er auch gestorben. Aber er lebt. In Deutschland." Ich schaue sie fragend an.

„Nicht nur Nico wurde vor fünf Jahren geschieden, auch ich. Ich habe viele Eskapaden von José ertragen, aber die letzte war eine zu viel." Sie macht eine kleine Pause.

„Violas Kinder sind Nicos Halbbrüder."

„Waaas?" Marianne nickt. „Ja. Beim ersten Kind habe ich schon vermutet, dass der Junge nicht von Nico ist, denn da kriselte es bereits. Lass dir die Einzelheiten von Nico erzählen."

„Aber ist er denn nicht böse auf dich, dass du mir das erzählt hast?"

„Nein, er hat mich sogar darum gebeten, das Thema anzustoßen, weil er nicht weiß, wie er beginnen soll."

Mein Handy klingelt. Ursi meldet sich.

„Hi, wir sitzen hier noch in Palma und warten, dass Nico und Gisi gleich rauskommen."

„Habt ihr das Paket schon?"

„Das hat er heute Morgen wohl zuerst geholt und weggebracht. Da kommen sie, wir sehen uns gleich, ciao."

Ich lege auf. „Das ist auch noch so eine

Sache, die ich gerne klären würde. Was, wieso und warum hat Nico mit diesen Drogenfritzen zu tun? Weshalb erpressen sie ihn?"

„Ich schätze, das wird er euch gleich erzählen. Denn wenn ihr schon bei so einem gefährlichen Unternehmen mitmacht, müsst ihr auch die Hintergründe kennen. Komm hilf mir mal, wir werden draußen essen."

Marianne beginnt den Tisch auf der Terrasse zu decken. „So und jetzt setzen wir uns erst einmal hin und trinken Peres wunderbaren Wein." Der Wein wirkt tatsächlich Wunder. Ich entspanne mich zusehends und kann jetzt erst die Umgebung wirklich genießen. Die überdachte Terrasse ist umgeben von blühenden Oleanderbüschen, die in pink, rosa und rot leuchten. Schmiedeeiserne Leuchter hängen von den Deckenbalken herab und schwingen sanft im warmen Wind hin und her. Vögel zwitschern und tirilieren. „Sag mal, Marianne, wieso habt ihr keinen Hund? Das Grundstück sollte doch auch bewacht werden?"

„Ich hatte einen. Der ist vor drei Monaten gestorben. Ich brauche noch ein wenig Zeit. Aber es kommt garantiert ein neuer

Hund. Ich brauche eigentlich keinen Bewacher, ich bin, wie du weißt, gut gerüstet." Ich muss an gestern Abend denken, als sie mit der Pumpgun auf der Hüfte, die Tür öffnete. „Kann man sich hier einfach so eine Waffe kaufen?"
„Nein, natürlich nicht. Aber ich bin Sportschützin. War sogar 1972 in der Olympia-Mannschaft. Die Pumpgun ist nicht das einzige Gewehr in diesem Haus. Nico hat übrigens auf der Esmeralda auch ein Gewehr. Er hat einen Jagdschein." Marianne beginnt zu kichern. Als sie meinen fragenden Blick sieht, erklärt sie: „Mein Exmann hatte unglaubliche Angst, dass ich ihm einen auf den Pelz brenne und glaub mir, manchmal hab ich kurz davor gestanden. Salud!" Sie nimmt noch einen Schluck von Peres Rotwein. Ich höre ein Tor in den Angeln quietschen. „Ich glaube, sie kommen." Ich springe auf und sehe auch schon den Bus auf das Haus zufahren.
Und da sind sie alle. Ein riesiges Hallo und ein Gedrücke und Gebussel beginnt. „Ich will auch." Nicos Stimme ist ganz nah an meinem Ohr. Ich drehe mich um und umklammere ihn wie eine Ertrinkende.

13

Sag mir, dass dieser Ort hier sicher ist
Und alles Gute steht hier still
Und dass das Wort, dass du mir heute gibst,
Morgen noch genauso gilt
(Irgendwas bleibt; Silbermond)

Alle sitzen jetzt um den Tisch herum und haben jede Menge Hunger mitgebracht. Marianne schenkt großzügig Peres Wein aus, nur Rosi bekommt ein Wasser. Nicos Blick wandert während des Essens zwischen seiner Mutter und mir hin und her. Marianne und ich lächeln uns verschwörerisch an. Ich spüre förmlich, wie Nico darauf brennt, mit mir alleine zu sein. Aber ich finde, es gibt nach dem Essen Wichtigeres, schließlich muss ich Prioritäten setzen. „So, jetzt erzählt doch mal. Wie setzen wir denn unseren Plan um?"

„Ok", beginnt er, „der Comandante ist informiert. Das Paket soll morgen im Hafen von Ibiza abgeliefert werden. Dort sind auch seine Leute postiert. Wir starten um neun Uhr und wir werden so gegen halb drei dort ankommen. Ihr", er zeigt auf uns, "werdet dort erst einmal das Boot verlassen, damit die Kerle an Bord kom-

men können. Wer das ist und wie die aussehen weiß ich nicht. Ich weiß nur, dass jemand nach einer Mondscheinfahrt fragen wird.
Sobald alle an Bord sind, werde ich Esteban fortschicken. Das ist das Signal zum Zugriff."
„Aber bringst du dich denn damit nicht auch selbst in Gefahr?" frage ich. Er grinst mich schief an. „Ein Restrisiko gibt's immer, Bella Linda. Ich werde auch um eine Anzeige nicht herumkommen. Vielleicht muss ich sogar ins Gefängnis. Dann wird Esteban mich vertreten. Kann sein, dass er euch auch zurückfährt und ich erst einmal verhaftet werde." Ich denke mit Schrecken daran, dass wir übermorgen zurückfliegen. Werde ich ihn dann überhaupt wiedersehen? In der Zwischenzeit erklärt Nico weiter. „Mara wird am Funkgerät sitzen, falls irgendwelche Planänderungen auftauchen. Die Frequenz der Semar, das ist die Küstenwache, ist eingestellt." Er nickt ihr zu. „Mara hat die Bedienung des Geräts am besten kapiert. Also nochmal, ihr seid ganz normale Touristinnen, die mit mir einen Ausflug machen. Bitte bequeme Kleidung anziehen und vor allen Dingen rutschfeste Schuhe."

Dabei schaut er auf meine Riemchensandaletten. "Auf gar keinen Fall sowas." „Sag mal, Nico", ich möchte so vieles noch wissen, „wie bist du denn in diesen Drogenschlamassel reingerutscht?" Nico schluckt. „Ich weiß, ihr habt ein Recht darauf, es zu erfahren. Als ich vor fünf Jahren geschieden wurde, dachte ich mein privater Albtraum wäre zu Ende, aber es ging erst richtig los." Und jetzt erzählt er die ganze Geschichte und ich habe das Gefühl, während er spricht, fallen Zentnerlasten von seiner Seele. Seine Exfrau klagte die Hälfte der Finca und seines Barvermögens ein und erhielt Recht. Nico hatte gerade die Esmeralda gekauft und die Finca diente der Bank als Sicherheit für einen Kredit. Das Schiff hätte er mit Verlust verkaufen können, sein gerade erst gegründetes Unternehmen sofort wieder schließen müssen und die Finca zwangsversteigern. Er hätte keinen Job und kein Dach mehr über dem Kopf gehabt. „Also, fragte ich Santos. Santos ist stinkreich und verleiht Geld. Wir wurden uns einig, aber jetzt gehörte mir die Esmeralda nicht mehr allein. Fünf Jahre lang war er, im wahrsten Sinne des Wortes, mit im Boot." „Und lass mich raten", wer-

fe ich ein, „als Miteigentümer hat er so seine eigenen Frachten gehabt." Nico nickt. „Ja. Jetzt ist die Esmeralda bezahlt und er ist eigentlich raus, weigert sich aber aus dem Vertrag auszusteigen."
„Kannst du ihn denn nicht anzeigen?" fragt Helly. „Können schon, aber dann wird mir mit Sicherheit der Prozess gemacht. Drogenschmuggel ist kein Kavaliersdelikt. Santos wird mit Sicherheit die Schuld auf mich abwälzen. Das Einzige was ich machen kann ist, mich zu weigern weiter den Drogenkurier zu spielen. Hat auch bisher geklappt, bis…" „Bis ich aufgetaucht bin", ergänze ich den Satz. Er nickt.
„Dann wird es Zeit, dass dieser Arsch einen Tritt in den selbigen bekommt." Ursi drückt ihre Zigarette im Aschenbecher so aus, als ob sie Santos zerquetschen würde. Marianne kommt mit einem Tablett Hierbas, dem grünen Kräuterlikör der Insel, an den Tisch. „Auf gutes Gelingen", wünscht sie uns und alle, selbst Rosi, heben das Glas.
„Und deine Ex? Wie ist das denn ausgegangen?" Marie ist ehrlich interessiert.
„Ja, da hatte ich Glück im Unglück. Genau zu diesem Zeitpunkt erhielt meine Mutter

ihre Lebensversicherung und ich habe ihr die Finca zum kleinen Preis verkauft. Damit konnte ich meine Exfrau auszahlen. Ich hoffe, ich sehe sie nie wieder." Es entsteht eine kleine Pause.

„Seid ihr auch sicher, dass ihr mitmachen wollt? Das kann ziemlich gefährlich werden."

„Nicolein, wir sind alle gestandene Frauen, haben Kinder in die Welt gesetzt und das eine oder andere Tal durchwandert, uns wirft nichts mehr aus der Bahn. Und auch wenn wir schon fünfzig plus sind, für Abenteuer ist es nie zu spät!" sagt Gisi fest entschlossen.

„Können wir noch'n Hierbas haben?" Alle Köpfe rucken herum. „Rosi? Was ist los?" „Na, morgen ist doch richtig was gebacken, oder? Da braucht's Mut! Salud!"

Rosi

Ich weiß, ich bin die aus unserer Gruppe, die selten Alkohol trinkt und alle machen darüber Witzchen. Aber ich mag einfach kein Bier. Na ja, gegen ein, zwei Schnäpschen oder Likörchen habe ich nichts. Dafür bin ich der absolute Tanzbär, dabei ist es mir wurscht, ob der

Tanzpartner alt, jung, klein oder groß ist. Hauptsache ich muss nicht alleine herumzappeln.

Ich weiß noch, vor zwei Tagen haben sich alle gebogen vor Lachen, als ich mit einem alten Tattergreis getanzt habe. Marie hat ihn den Brandner Kaspar getauft. Gut, ich gebe zu, er hat ein wenig muffig gerochen, aber ich habe ja auch nicht Lambada oder Tango mit ihm getanzt. Er zelebrierte so irgendwas zwischen Foxtrott und „wir wedeln mit den Armen". Als er dann zu schnaufen begann und die ersten Schweißperlen auf seiner Stirn stehen, breche ich lieber ab. Wie sich rausstellt, soll es der letzte Tanzabend für mich sein. Ab jetzt haben wir Wichtigeres zu tun. Wir retten die Existenz eines Skippers. Wir sitzen bei Marianne, das ist seine Mutter, und gehen gerade die einzelnen Punkte unseres Plans durch. Ich fühle mich, wie in meiner Schulzeit. Da haben wir Detektivgeschichten ausgeheckt und die drei Fragezeichen nachgespielt. Nur diese Mission ist gefährlicher. Hier haben wir es mit echten Gangstern zu tun. Eigentlich ist es Nico, der alles in die Hand nimmt. Wir mimen nur die harmlose Touristenkulisse.

Während ich an einem Hierbas nippte, lasse ich meinen Blick schweifen. Die beiden wohnen geradezu traumhaft. Ein Riesengrundstück, Wiese, einige Palmen und jede Menge blühender Oleander. Hinterm Haus pflegt Marianne ihre Rosen. Sie sollte eine Pension aufmachen, denn das Haus ist bildschön, sie kocht grandios, einzig ein Pool fehlt. Aber ich würde hier buchen! Ich beobachte Linda und Nico. Die Beiden gehen miteinander um, als wären sie schon ewig zusammen. Ich wünsche ihr endlich einmal Glück mit einem Mann, dann wäre der letzte Single unserer Gruppe unter der Haube. Und wenn sie hierher zieht, können wir zu Besuch kommen. Ich mein ja nur…ich bin halt sehr pragmatisch.

*

Es ist dunkel geworden. Der Mond hängt wie ein dicker zitronengelber Ball am schwarzen Himmel. Grillen zirpen, der Wind streicht sanft durch die Oleanderbüsche und irgendwo schreit ein Nachtvogel. Die Doppelflügeltür in unserem Zimmer

ist weit geöffnet und ich stehe draußen auf der Terrasse. Es ist so friedlich. Wie wird es morgen sein? Wird das letzte was ich von Nico sehe, ein Nico in Handschellen sein? Zwei Arme umschlingen von hinten meine Taille. Mein Häftling in spe küsst meinen Nacken und schiebt mich behutsam Richtung Bett. Die Kerzen von zwei Windlichtern geben gerade so viel Licht, dass wir unsere Körper erkennen. Unser Sex ist kurz und leidenschaftlich, ganz anders als in der vergangenen Nacht. Aber genauso atemberaubend und schön. „Ich habe dich so vermisst, ich musste den ganzen Tag an dich denken. Bella Linda, was hast mit mir gemacht?" Nico knabbert an meinem Ohrläppchen und die Härchen auf meinem Arm richten sich auf. Es ist so schön in seinen Armen zu liegen. Ich fühle mich wohl und geborgen. Meine innere Stimme plärrt dazwischen. *Und was wird morgen sein? Dann ist alles vorbei!*
Ich stoße einen wohligen Seufzer aus, heute ist heute und morgen ist morgen. Gute Nacht!

14

Was immer du denkst, wohin ich führe,
wohin es führt, vielleicht nur hinters Licht.
Du bist ein Geschenk, seit ich dich kenne,
seit ich dich kenne, trage ich Glück im Blick. (Gröhnemeyer)

Jemand stupst mich an. Dann ist da ein sanfter Wind und der riecht nach frischem Kaffee. Ich öffne ein Auge und blicke in das lächelnde Gesicht von Nico, der mir den Kaffeegeruch über seine Tasse hinweg zu wedelt.

„Morgen, Kaffee gefällig?" „Wie spät ist es denn?" „Halb sechs."

„Mitten in der Nacht", beschwere ich mich, „und ich mag es nicht, wenn man mich im Schlaf beobachtet. Vielleicht sabber ich ja."

„Jep, hast du. Und geschnarcht auch, mit offenem Mund. Sah ziemlich doof aus." Dann lacht er schallend los. „Dein Gesicht solltest du jetzt sehen! Bella Linda, du bist süß!" Die süße Linda schält sich aus ihrer Decke und greift nach der Tasse.

„Her damit!" „Nichts auf der Welt ist umsonst, das kostet was!" Dabei spitzt er die Lippen und ich bezahle in seiner geforderten Währung. Jetzt sitzen wir beide ans Kopfende gelehnt und schlürfen das schwarze Getränk. „Aufgeregt?" fragt er. „Noch nicht, nur eine ungeheure Wut auf diesen Santos und seine Bagage." Es klopft zaghaft an der Tür. Auf unser „Herein!" öffnet sie sich einen Spalt und Ursi steckt den Kopf hindurch. „Habt ihr schon ausgeschlafen? Stör ich?" Als wir den Kopf schütteln, winkt sie in den Flur und in Nullkommanichts sitzen alle Mädels auf dem Bett. „Jetzt ein Foto", meint Nico, „ das glaubt mir doch sonst kein Mensch! Ich allein mit sieben Frauen im Bett!" Es klopft noch mal an der Tür. Diesmal ist es Marianne, die mit einem Tablett voller Tassen und einer Kanne Kaffee hereinkommt. Sie strahlt. „Das ist ja ein richtiges Happening, wie in den guten alten Sechzigern!" Dankbar wird der Kaffee entgegengenommen und Marianne verschwindet wieder in der Küche. „Habt ihr auch alle so beschissen geschlafen?" fragt Gisi. „Unruhig, ich habe immer wieder den Ablauf vor Augen gehabt." Ursi rührt in ihrer Tasse. „Ja, wie bei einem Film", wirft Helly ein", als wäre heute Drehtag und wir haben unsere Rollen nicht richtig gelernt!" „Also, ich habe bestens geschla-

fen." Rosi sieht auch von allen am ausge-
schlafensten aus. „Ich habe meine Schlaf-
brille dabei und meine Ohrstöpsel, das ist
wunderbar."

Mara blickt auf die Uhr. „Wann ist Ab-
fahrt?" „So gegen acht, um neun heißt es
Leinen los!" Der Harem erhebt sich und
wir sind wieder allein. „Deine Freundinnen
sind großartig." Er seufzt. „Die alten Sul-
tane wussten zu leben. Meinst du wir
könnten einen Harem gründen,
Scheherezade? " Scheherezade schlägt
mit dem Kopfkissen nach Sultan Nico.
„Ich gehe jetzt duschen und du kannst ja
mal im Serail nachfragen, ob die Eunu-
chenstelle noch frei ist!" Er will nach mir
greifen, ich kann mich aber wegducken.
Sind wir so albern und ausgelassen, weil
wir wissen, wie gefährlich der Ausflug
heute sein kann?

Ich habe mich gerade eingeseift, als die
Tür der Dusche geöffnet wird und Nico zu
mir schlüpft. „Ich wollte schon immer
mal eine Frau so richtig einseifen!" Seine
Finger gleiten behände über meinen Körper. Das warme Wasser rinnt über unsere
Haut, seine Küsse werden fordernder und
wie Ertrinkende klammern wir uns anei-

nander und verschmelzen im uralten bekannten Rhythmus.

Als wir am Frühstückstisch auftauchen,
empfängt uns kein munteres Geschnatter.
Alle sind ruhig, in sich gekehrt und schei-
nen im Kopf noch einmal den Plan durch-
zugehen.
Marianne hat uns ein Lunchpaket gepackt.
Sie nimmt jeden einzelnen in den Arm
und wünscht uns Glück. Mir flüstert sie ins
Ohr:" Pass gut auf dich auf und danke,
dass ihr das für Nico macht. Vielleicht hat
ja der Albtraum bald ein Ende." Wir winken noch einmal und der Bus mit den wild
entschlossenen Frauen fährt ins Abenteuer. Unterwegs greifen wir noch Esteban
auf.
Der Himmel über Palma ist leuchtend
blau, kein Wölkchen am Himmel und unsere Gruppe sieht wirklich aus wie ein
Touristenhaufen.
„Und noch was", Nico blickt ernst, „bitte
keinen Alkohol trinken. Wir müssen alle
unsere Sinne beieinander haben. Wasser,
Kaffee, Tee, alles gut, am besten Tee, der
beruhigt." Dann klettern wir an Bord. Nico
telefoniert mit Comandante Juan Gonzales
von der Guardia.
„Alles klar. Seine Männer sind im Hafen

von Ibiza postiert und die SEMAR steht auch bereit. Mara, checkst du bitte mal, ob die Frequenz korrekt ist?" Zu meinem Erstaunen höre ich, wie Mara den Kontakt herstellt und englisch mit dem Menschen am anderen Ende der Leitung spricht. „Respekt, Mara. Ich wusste gar nicht, dass du so gut Englisch kannst!"

Sie winkt bescheiden ab. „Nicht der Rede wert, ich muss manchmal für meinen Chef Gespräche führen, da bleibe ich in Übung."

Jetzt besiedeln wir die Esmeralda wie beim ersten Mal. Der Unterschied besteht nur darin, dass trotz der frischen Brise, weder Helly noch Rosi ihre Arktis-Verkleidungen auspacken und wir Marihuana im Wert von über hunderttausend Euro an Bord haben.

Die Esmeralda gleitet ruhig und elegant durch die Wellen. Die Anspannung ist fast greifbar. Helly springt auf. „Ich mach uns mal einen Tee!" „Ich komm mit!" Rosi folgt ihr in die Pantry. Ich kann die beiden sehen, wie sie Wasser aufsetzen und nach Tassen und Kanne suchen. „Wo hat der denn den Tee?" fragt Helly und kurz bevor Rosi diese Frage Nico stellt, hat sie ihn gefunden. „Boah, das ist aber ne Menge.

Warum hat der das denn in so einer großen Blechkiste, ist doch völlig unpraktisch." „Hier ist ne leere Teedose, füll doch was ab." Rosi reicht ihr eine bunte, kleine Holzschatulle. Während die beiden dort unten werkeln, merke ich wie meine Nervosität immer mehr zunimmt. Ursi ist zum Bug des Schiffes geklettert und steht nun wie eine Gallionsfigur in der Spitze. Ich hangele mich zu ihr. Nun stehen wir beide dort und stellen optisch die berühmte Szene aus der Titanic dar. „Wenn unsere Männer wüssten, was wir so treiben", sagt Ursi, „die würde glatt der Schlag treffen!" „Ich kann gar nicht erwarten, bis wir Ibiza erreicht haben und das alles vorbei ist!" Meine Unruhe wächst.

Nicos Handy klingelt. Während er zuhört wird sein Gesichtsausdruck immer finsterer. Als er auflegt, wird es hektisch. „Mara", brüllt er nach unten, „ die SEMAR informieren, die haben Lunte gerochen. Die Übergabe findet auf dem Wasser statt. Esteban, zeig ihr die Koordinaten!" Dann wählt er die Nummer des Comandante. Helly, die nichts davon mitbekommen hat, schiebt sich gerade mit einem Tablett voller Teetassen an Deck.

„Wer möchte?" Gisi winkt ab. „Nee, lass mal, ich hab Wasser." Marie, Ursi, Rosi und Helly trinken. „Der schmeckt ein bisschen bitter", meint Marie. „Musste Zucker reintun, hab ich vielleicht zu stark gemacht!" Helly wirft zwei Zuckerwürfel in Maries Tasse. Ich bin viel zu aufgeregt, um irgendwas zu trinken, auch Mara hat dafür keine Zeit. Ich stelle mich neben Nico. „Was passiert jetzt?" „Die wollen uns auf halber Strecke abfangen." Wann treffen wir auf die?" „In circa eineinhalb Stunden, vielleicht auch weniger!" „Aber wenn du ihnen das Zeug gibst, dann ist wieder alles beim Alten!" „Ich gebe es halt nicht raus, bis die SEMAR da ist! Mach dir keine Sorgen, Bella Linda, alles wird gut."

Helly, Rosi und Marie haben sich längsseits niedergelassen und ihre Beine über die Reling gehängt. Helly jauchzt jedes Mal auf, wenn die Esmeralda durch eine Welle stampft. „Merkwürdig", denke ich, „was so ein bisschen Anspannung doch ausmacht!" Jetzt höre ich die drei lauthals „Eine Seefahrt, die ist lustig" singen. Da stimmt doch was nicht! „Ursi, findest du dass nicht auch komisch, wie die sich benehmen?"

Ursi blickt mich leicht verklärt an. „Iss dochn schönatag, sooo schön! Alles sooo leicht!" Sie wirft sich auf den Rücken und zeigt in den Himmel. „Gaaanz viele lila Wolken und ganz viiiieel Licht!" Ich habe einen fürchterlichen Verdacht. Ich steige in die Pantry hinab und sehe die Überreste von Hellys Teezeremonie. Wenn mich nicht alles täuscht, schwimmen in dem Topf mit Wasser aufgeweichte Cannabisblüten- und blätter.

„Mara?" Sie schiebt die Kopfhörer von den Ohren. „Sag mal, was haben die denn hier für einen Tee gekocht?" „Den haben die da unten aus der Blechkiste genommen." Sie klemmt sich die Kopfhörer wieder auf und antwortet irgendwem.

Ich bücke mich und finde die besagte Kiste. Die Kiste ist „das Paket", das wir den Gangstern übergeben sollen!

Ich höre Esteban brüllen: „Ich glaube, da hinten kommen sie!"

15

Wenn du denkst du denkst dann denkst du nur du denkst
ein Mädchen kann das nicht
schau mir in die Augen und dann schau in mein Gesicht
(Juliane Werding)

Ich schieße sofort nach oben. Esteban hat ein Fernglas vor den Augen und gestikuliert wild. Ich höre Mara, wie sie aufgeregt diese Tatsache der SEMAR mitteilt und sehe Nico, der sein Handy zückt.
„Mist, kein Empfang! Mara", schreit er, „ sag der SEMAR sie sollen Comandante Gonzales benachrichtigen. Wir brauchen dringend Hilfe!"
Das Sänger-Trio sitzt immer noch backbord und bejubelt das Meer und auch Ursi ist nicht aufnahmefähig.
„Nico, die haben Cannabistee getrunken!"
Er schaut mich ungläubig an und trotz der ernsten Lage, muss er lachen.
„Ja, mi querida, dann müssen wir das mit den Überlebenden stemmen!"

In der Ferne sehe ich einen hellen Punkt, der sich unserem Schiff nähert.
„Wann kommt denn die Küstenwache?"
Meine Stimme hat einen leicht panischen

Unterton. Der helle Punkt wird immer größer und dann hat uns das Motorboot erreicht.

„Llegamos babor! Wir kommen backbord!" schreit uns einer zu.

„Hallooo", Helly ruft und winkt. „Wollt ihr auch Tee?" „Schmeckt Klasse!" Marie hebt ihre offensichtlich leere Tasse.

Nico stoppt die Esmeralda.

„Was wollt ihr?"

„Ein Vögelchen hat uns geflüstert, dass du ein Paket für uns hast?"

„Ich habe kein Paket für euch, verpisst euch!"

„Dabei wollten wir so gerne eine Mondscheinfahrt buchen!" Der Typ, der das sagt, ist ganz in schwarz gekleidet und trägt trotz der Hitze ein Wollmütze.

„Nicht bei mir", sagt Nico und will den Motor der Esmeralda anwerfen.

In diesem Augenblick fliegen zwei Enterhaken über Bord, dicht an Rosis Kopf vorbei. Nico drückt Gisi das Ruder in die Hand. „Einfach nur gerade halten", und springt in die Pantry.

„Die SEMAR ist unterwegs!" ruft Mara. Jetzt überschlagen sich die Ereignisse. Ich sehe, wie Nico ein Wandfach aufreißt und eine Waffe hervorzerrt. Ich will ihm Platz machen, da reißt mich jemand förmlich von den Füßen. Ich spüre kaltes Metall an meiner Schläfe. „Nicht schon wieder", denke ich.

„Rück das Paket raus, du Tonto, sonst kannst du dich von der Kleinen verabschieden."

Ich sehe Gisi, die sich mit schreckgeweiteten Augen an das Ruder klammert und höre wie Nico das Gewehr entsichert. Die Kiste mit dem Marihuana liegt vor ihm, er hält sie mit einem Fuß fest. „Schieb die Box zu mir rüber", brüllt mein Peiniger. Sein Atem riecht nach Zwiebeln. „Erst lässt du sie los!" brüllt Nico zurück. Eine große Welle hebt die Esmeralda, das Trio an der Reling jauchzt und der Kerl hinter mir verliert seinen sicheren Stand. Beim Versuch, das auszugleichen, stolpere ich und er stolpert mit. Wir fallen hintüber, dabei löst sich ein Schuss und wir stürzen beide über Bord. Der eiserne Griff lockert sich, über mir schlägt das Wasser zusammen und das salzige Nass brennt in Nase und Augen. Panisch strampele ich, um nach oben zu kommen. Das erste was ich sehe, ist Helly, die mir den rot-weißen Rettungsring zuwirft, aber auch dem Typen, der neben mir auftaucht. „Wir haben nur die vier Stück!" ruft sie enthusiastisch, „das sieht toll aus." Die Drei klatschen begeistert. Ich sehe, dass der Bewaffnete auf mich zu schwimmt. Da kracht ein Schuss und das Wasser färbt sich augenblicklich rot. Ich paddele wie wild, am Rettungsring hängend, zur Esmeralda zurück. Esteban beugt sich zu mir hinunter und ich greife nach seiner Hand. Erneut dröhnt ein Schuss. Halb taub und wasserspuckend liege ich an Deck. Über uns ist das Rotorengeräusch eines Hubschraubers, ich höre irgendeine Aufforderung, die von einem Motorboot kommt und hebe vorsichtig den Kopf. Die SEMAR ist da. Im Wasser dümpelt die Kiste. Auf dem Boot der Gangster taucht eine dicke Frau in geblümter Hose auf. Tula! Mit einem langen Gafferhaken versucht sie die Kiste zu erreichen, aber der Mann mit der Wollmütze dreht genau in diesem Moment auf und mit einem Aufschrei stürzt sie ins Wasser. Das Boot stoppt abrupt, aber Wollmütze denkt gar nicht daran, die Frau aus dem Wasser zu ziehen. Ich richte mich auf allen Vieren auf und sehe Gisi, die gerade ein „So nicht, mein Lieber!" von sich gibt. Der Motor lässt die Esmeralda erzittern. Vom

Boot der Küstenwache hören wir über Megafon: "Stoppen Sie die Maschine, Stopp!!" Aber Gisi stößt nur zwischen den Zähnen hervor: „Scheiß drauf, damit die uns etwa entkommen?" Die Esmeralda gewinnt an Fahrt und der Mann auf dem Gangsterboot erkennt zu spät die Gefahr. Mit einem unschönen, knirschenden Laut bohrt sich der Bug in die Seite des kleinen Schiffs. Dann erstirbt der Motor.

Ich stolpere Richtung Pantry und mir stockt der Atem. Da liegt Nico in einer immer größer werdenden Blutlache. Mara hat ihr T-Shirt ausgezogen und drückt es auf die Wunde. Ursi, wo ist Ursi? Sie sitzt etwas benommen auf der Bank im Heck. „Ursi", brülle ich, „ich brauche deine Hilfe, los komm!" Ich ziehe verzweifelt an ihrem Arm. Sie reagiert nur lahm. Gisi erblickt einen Eimer, der Putzwasser enthält und schüttet Ursi den gesamten Inhalt über den Kopf. Die schüttelt sich und will pro-testieren, ich aber zerre sie Richtung Pantry. Offensichtlich hat Ursi nicht so viel Tee erwischt, wie die anderen, denn ihr Blick wirkt schon weit klarer. „Nico ist verletzt, hilf mir!" Ursi lässt sich auf die Knie nieder und plötzlich ist sie ganz die erfahrene Krankenschwester. „Hol irgendwelche Tücher, schnell", bellt sie. Ich drücke ihr alles in die Hände, was ich greifen kann. Geschirrtücher, Strandtücher, ein T-Shirt.

„Such mal den Erste Hilfe Kasten. Ich muss einen Druckverband anlegen." Nicos Gesicht ist schneeweiß, sein Atem geht flach. Mara meldet über Funk einen Schwerverletzten. „Wird er ...wird er...", ich mag es gar nicht aussprechen. „Sterben?" ergänzt Ursi, „ ich glaube nicht, sieht nach einem Schulterdurchschuss aus. Aber er hat ordentlich Blut verloren." Ich höre wieder den Hubschrauber und steige an Deck. Die Männer sind gerade dabei, die dicke Tula aus dem Wasser zu fischen. Sie greift nach der Strickleiter und versucht sich hochzuziehen. Dabei bläht sich die weite Hose überdimensional auf und sie sieht aus wie eine geblümte Wasserbombe. Wir starren fasziniert auf das Schauspiel.

In der Zwischenzeit ist ein weiteres Motorboot der Küstenwache eingetroffen, das jetzt längsseits kommt. Zwei Beamte springen an Bord. Ursi hat Nico in der Zwischenzeit notdürftig transportfähig gemacht. Ich streiche Nico die wirren Locken aus der Stirn. Seine Haut fühlt sich feucht und kalt an. Ich küsse ihn und flüstere in sein Ohr: „Denk dran, alles wird gut." Dann hieven sie den Bewusstlosen aufs Boot. Auf dem Wasser ist immer noch Chaos. Die Rotorblätter des Hubschraubers verursachen eine mächtige Dünung. In den Wellen treibt bäuchlings der Mann, der mir die Waffe an den Kopf gehalten hat. Mit zwei Schlingen wird auch er an Bord des Küstenwachbootes gezogen. Sein schlaffer Körper hängt wie ein großes Lumpenbündel in der Luft. Das zweite Boot der SEMAR hat inzwischen Tula von der Strickleiter gepflückt und zwei weitere Mitglieder der Bande von deren Schiff geholt und das Ruder übernommen. Eine Trage wird aus dem Rettungshubschrauber abgeseilt und ich sehe wie Nico langsam in dessen Bauch verschwindet. Unser bekifftes Trio will die „Teekiste" bergen. Rosi bückt sich tief über die Reling und – Gisi und ich können einen Aufschrei nicht unterdrücken – fällt in Zeitlupengeschwindigkeit kopfüber ins Wasser. Grinsend taucht sie aus den Fluten auf und hält die Kiste im Arm. Marie und Helly greifen danach und Esteban muss schon wieder jemanden aus dem Wasser ziehen.

Gisi

Also, was wir bis jetzt schon alles erlebt haben, würde für mindestens fünf Urlaube reichen. Wenn ich an die Prügelei in Nicos Büro denke, muss ich einerseits lachen, andererseits sind wir jetzt auf einem gefährlichen Kurs. Im wahrsten Sinne des Wortes. Heute Morgen finden wir uns alle wieder auf der Esmeralda ein. Heute soll die Guardia einige Dealer hopp nehmen, hoffentlich auch deren Hintermänner. Die Stimmung ist leicht gedrückt und alle sind ernster als sonst. Mara ist seit heute Bordfunker, wer hätte das gedacht! Alkohol hat der Skipper untersagt und das ist auch gut so. Dafür kochen Helly und Rosi für uns Tee, aber ich bleibe lieber beim Wasser. Ich versuche nicht an die drohende Gefahr zu denken und halte mein Gesicht in die Sonne. Als ich gerade so ein wenig wegdöse, wird es an Bord mit einem Mal hektisch. Nico brüllt zu Mara etwas hinunter, Esteban schaut durchs Fernglas. Und dann sind sie plötzlich da! Ein weißes Motorboot kommt der Esmeralda bedrohlich nahe. Ein Typ mit schwarzer Wollmütze brüllt nach dem „Paket".

Als Nico sich weigert, geht's rund. „Vorsicht Rosi", schreie ich und die kann sich so gerade eben wegducken, als zwei große Haken mit Seilen dran an Bord fliegen und sich in den Rand der Esmeralda bohren. Nico drückt mir das Ruder in die Hand. Der ist vielleicht gut, jetzt habe ich die Verantwortung für alle? Ein Mann springt an Bord und bevor ich warnen kann, hat er Linda an den Haaren gepackt und zerrt sie mit sich. „Scheiße, Nico, der hat 'ne Waffe!" brülle ich. Nico taucht aus dem Inneren auf und hat ein Gewehr im Anschlag. „Lass sie los!" befiehlt Nico. „Kannst ja gerne schießen, aber dann nehme ich deine Kleine hier mit!" Ich bin völlig erstarrt, was soll ich bloß machen? In diesem Moment hebt eine große Welle die Esmeralda hoch und als sie ins Wellental abtaucht, rutschen die beiden von Bord, dabei löst sich ein Schuss. Ich kann einen Aufschrei nicht unterdrücken. Warum helfen die anderen denn nicht? Helly, Rosi und Marie sitzen wie die Zuschauer bei einem Bühnenspektakel an der Reling und klatschen. Haben die sie nicht mehr alle? Der Mann und Linda tauchen wieder auf. Hellys ins Wasser geworfene Rettungsringe tanzen auf der Oberfläche und der Typ schwimmt wahrhaftig wieder auf Linda zu. Da kracht ein weiterer Schuss, der Mann schreit auf und plötzlich ist das Wasser rot. Mir wird übel. Esteban hat Linda aus dem Wasser gefischt, sie liegt schwer atmend vor mir. Und noch ein Schuss! Und dann ist die Hölle los! Über mir ist ein Hubschrauber, von links kommt ein weiteres Boot. Die brüllen irgendetwas Spanisches aus dem Lautsprecher. Ich sehe auf dem Boot der Gangster die dicke Frau, die uns in Soller verfolgt hat. Sie versucht, die im Wasser dümpelnde Kiste zu erreichen. Die Wollmütze startet den Motor, die Dicke geht über Bord. Der Typ will doch wahrhaftig flüchten! Das denkt der aber nur! Ich lasse den Motor an und ignoriere die Befehle von dem Küstenwachboot. Wollmütze wendet und bietet mir die Längsseite des Bootes. „Sorry, Nico, jetzt bau ich ‚nen Crash!" denke ich. Die Küstenwache plärrt immer noch. „Scheiß drauf, damit die uns etwa entkommen?" Das Geräusch ist alles andere als schön, als ich das Gangsterboot demoliere. Panik steht im Gesicht der Wollmütze, als er begreift, dass das Spiel aus ist. Ich würge den Motor ab und sinke hinter dem Ruder zitternd zusammen. Esteban schiebt mich zur Seite und übernimmt wieder. Ich hole tief Luft und dann sehe ich erst das ganze Ausmaß. Im Eingang zur Pantry liegt Nico und alles ist voller Blut. Linda schießt nach oben, um Ursi zu holen. Aber die sitzt lethargisch auf der Bank. „Jetzt reicht's aber! Habt ihr eigentlich nen Knall?" Ich bin stinksauer über das Trio, das langsam auf mich zukommt und Ursi, die mich wie eine Schwachsinnige angrient. In einer Halterung hängt ein Eimer mit benutztem Putzwasser. Wütend gieße ich den Inhalt über Ursi. Die schüttelt sich und wirkt schon ein bisschen klarer.

Während Linda sie zu Nico zerrt, kümmere ich mich um das Trio. „Sagt mal, bei euch piept's wohl? Seid ihr besoffen?" Rosi blickt mich entrüstet an. „Wir haben nur Tee getrunken, alles ist gut!"

„Weshalb ist denn der Hubschrauber da?" Helly blickt ganz verwundert nach oben. Marie sieht Ursi, Mara und Linda, die sich über Nico beugen.

„Och, sag bloß, da ist was passiert? Ist er hingefallen?"

Ich verdreh die Augen und geb's auf. Das ist nicht normal, hoffentlich wird das wieder!

Helly

Heute geht's noch mal aufs Schiff. Wir
sind jetzt eine eingeschworene Gemein-
schaft und wollen heute der Bande, die
Nico das Leben schwer macht, das Hand-
werk legen. Komisch, ich habe gar keine
Angst, denn sonst hatte ich immer ein
mulmiges Gefühl, wenn es aufs Wasser
geht. Aber wir sind alle voller Tatendrang.
Was soll auch schon passieren? In Ibiza
gehen wir von Bord und danach ist alles
in Ordnung. Aber eine gewisse Anspannung können wir alle nicht verbergen.
Was hat Nico gesagt? Keinen Alkohol,
aber Tee ist gut. Dann mache ich mich
mal nützlich und koche Tee. Rosi begleitet
mich in die Pantry. Tassen und Kanne
sind schnell gefunden, aber wo hat der
bloß Tee? „Hier, guck mal Rosi, der hat ne
ganze Kiste voll Tee." „Typisch Mann, an-
statt er den mal in eine handliche Dose
packt." Rosi findet eine lackierte Holzschatulle, riecht kurz daran und nickt zustimmend. „Füll mal was ab." Die Blätter
sehen irgendwie komisch aus, so ein bisschen wie ausgewürgte Wollknäule.
Das Wasser kocht und ich gieße es über

das getrocknete Kraut. „Nimm nicht so wenig, der soll uns beruhigen." Ich gebe noch ein Schippchen drauf. „Das quillt gar nicht richtig auf, guck mal." Rosi blickt in die Kanne.

„Mmm, warte mal, vielleicht ist das so'n mallorquinisches Kraut und das muss man richtig kochen." Sie kramt in den Tiefen eines Schranks und fördert einen Topf zutage. „Da...", und ehe sie weiter etwas sagen kann habe ich das heiße Wasser samt Kraut hineingeschüttet. „Da, da war noch Fett drin", sagt Rosi. „Na und, müssen die anderen ja nicht wissen. Geben wir halt ordentlich Zucker rein, dann merken die nix." Als ich mit dem Tee nach oben komme, ist da irgendeine Hektik ausgebrochen. Kursänderung, wir segeln nicht nach Ibiza! Dann warten wir halt hier, heißt ja nicht umsonst: Abwarten und Tee trinken!

Der Himmel scheint blauer als sonst. Ich frage Rosi und Marie und sie nicken zustimmend. Marie macht den Vorschlag, dass wir uns an die Reling setzen. Ich bin die Erste, die mit den Beinen baumelnd Platz nimmt. Es ist soo schön und der Tee hat wirklich eine äußerst entspannende Wirkung. Nico muss mir sagen, wie der

heißt. Mein Mann ist nämlich häufig ge-
stresst und der wäre für ihn optimal.
Ein Bötchen kommt uns besuchen. Ich
winke, aber die Leute sind nicht sehr
freundlich. Einer schmeißt irgendwas aufs
Schiff, Rosi kann gerade noch den Kopf
einziehen. Frechheit! Einer springt sogar
hinüber und versucht Linda zu zwingen,
mit ihm zu kommen. „He", schreit Marie,"
entweder alle oder keiner!" Dann geht ein
Böller los und beide springen ins Wasser.
Ich gucke angestrengt in die Wellen und
dann sehe ich beide wie wild rumpaddeln.
Ich pflücke die rot-weißen Rettungsringe
hinter mir vom Haken – komisch sind das
nun zwei oder vier? Egal, ich werfe sie
alle ins Wasser, mal gucken, wer es zuerst schafft. Das ist wie bei Spiel ohne
Grenzen!
Eine Riesenlibelle saust über unsere Köpfe
hinweg und macht Krach und dann kommen noch zwei Bötchen und ich verliere
langsam den Überblick.

Ich sehe Gisi winken, die uns andeutet,
wir sollen uns wieder ins Heck setzen. Irgendwie habe ich das Gefühl, ich habe
nicht alles mitgekriegt, auch Rosi und Marie sind nicht auf dem Laufenden. Das
muss man mir aber jetzt mal erklären!

16

I can be your hero baby
I can kiss away the pain
I will stand by you forever
You can take my breath away
(Enrique Iglesias)

Ursi ist auch noch nicht ganz wieder sie selbst, aber immerhin schon besser drauf als unser Trio.

„Ist ihr Schiff noch seetauglich?" ruft ein Beamter uns zu. Esteban nickt und gibt ihm zu verstehen, dass er die Esmeralda zurückführen wird. „Werfen Sie die Kiste zu mir herüber!" Die „Teekiste" fliegt zum Küstenwachboot. Dann dreht es ab und mit einem Mal ist es still auf dem Wasser. Die Wellen gurgeln und rollen, der Wind zerrt an unseren Haaren und wir schmecken das Salz auf den Lippen. Mara ist dabei Nicos Blut aufzuwischen. Ich habe eine Gänsehaut. Wie schwer sind seine Verletzungen? Ob er schon wieder bei Bewusstsein ist? „Wo haben Sie ihn hingebracht, Esteban?" „Ins Son Dureta in Palma, ich fahr dich nachher dorthin." In den Tiefen des Schiffs düdelt ein Handy. Ich wühle mich durch blutige Handtücher, unter einem Sweatshirt liegt Nicos Waffe. Ich schiebe sie vorsichtig beiseite. Und da ist das Handy. Unter der ersten Bank blinkt es. Als ich aufs Display schaue, sehe ich, dass Marianne schon neunmal versucht hat, uns zu erreichen. Ich rufe zurück und versuche so behutsam wie möglich, den Nachmittag zu schildern. Marianne ist erstaunlich ruhig und gefasst. „Ich fahre ins Son Dureta, wir treffen uns dort." Dann ist die Leitung tot.

Langsam lässt die Wirkung des Tees auch bei Rosi, Helly und Marie nach. Rosi wundert sich nur warum ihre Kleidung so nass ist. Ich verteile Wasser an die Gruppe und stelle mich neben Esteban. Er tätschelt beruhigend meinen Arm. „In einer halben Stunde sind wir da."

Als wir in den Hafen einfahren, erwartet uns am Kai ein untersetzter dunkelhaariger Mann. Er stellt sich als Comandante Juan Gonzales vor. Esteban ist unser Dolmetscher.

„Wir müssen alle mit ins Präsidium."

„Aber können wir nicht zuerst ins Krankenhaus", bitte ich eindringlich. Der Comandante schüttelt den Kopf. Also muss die ganze Gruppe hinter ihm herfahren.

Wir werden einzeln vernommen. Als Letzte unserer Gruppe verlässt Marie das Vernehmungszimmer. „Ich hoffe, dass das alles zugunsten von Nico ausgeht." Alle nicken zustimmend. „Wir haben nur Gutes über ihn gesagt", bekräftigt Rosi. „Und das es Notwehr war", fügt Gisi hinzu. „Wieso Notwehr?" frage ich. „Naja, der Mann mit dem du ins Wasser gefallen bist, der wollte dich doch wieder in seine Gewalt bringen, da hat Nico geschossen." Ich habe wieder das Bild von rotem Wasser vor Augen. „Ist er...ist er tot?" Gisi nickt. „Ja, entweder war er sofort tot oder er ist verblutet." „Aber wer hat auf Nico geschossen?"

„Das war die Wollmütze, als er gesehen hat, dass es seinen Kumpel erwischt hatte." „Ich verstehe nur nicht, warum. Das Einzige, was die wollten, war doch das Rauschgift." „Ja, aber deshalb mussten sie Nico ausschalten", sagt Mara, " die haben doch nicht im Traum daran gedacht, dass wir uns wehren könnten, geschweige denn, eingeweiht waren."

Comandante Gonzales erscheint mit Esteban auf dem Korridor. „Wir können gehen, es ist alles gesagt!"

Esteban geht voran. „Fährst du bitte, bitte zur Klinik?" flehe ich ihn an. Er nickt. Als das große graue Gebäude in unserem Blickfeld auftaucht, möchte ich am liebsten schon während der Fahrt hinausspringen. Die Ungewissheit ist quälend. Esteban steuert die „Urgencia"-die Notaufnahme an und fragt dort nach Nico. Wir werden in den Warteraum geschickt. Dort treffen wir auf Marianne. „Wie geht es ihm? Hast du schon Neuigkeiten?"
Als sie lächelt, fällt mir ein Stein vom Herzen. „Es geht ihm soweit gut. Er hat einen glatten Schulterdurchschuss. Der Arzt hat gesagt", und sie blickt zu Ursi, „ da hat jemand fantastische Erste Hilfe geleistet!" Ursi freut sich. „Er ist noch ein bisschen schwach. Er hatte gerade eine Bluttransfusion." „Kann ich zu ihm?" „Im Moment ist dieser Gonzales bei ihm, er wird vernommen."
Marianne fragt eine Schwester, die an uns vorbeigeht. Sie blickt mich an und schüttelt den Kopf. „Aber das ist seine Braut", höre ich Marianne sagen. „Was ist?" „Ja, du kannst gleich ganz kurz zu ihm. Ich habe gesagt, du bist seine Verlobte." Dabei zwinkert sie mir zu. Nach Ewigkeiten, so empfinde ich es zumindest, verlässt

der Comandante das Zimmer. Er schaut mich undurchdringlich an und ich quetsche mich an ihm vorbei durch die Tür. Nico liegt blass und ein bisschen apathisch in den Kissen. Ein Gewirr von Schläuchen umgibt ihn. Als er mich sieht, erhellt ein Lächeln sein Gesicht. „Bella Linda, schön, dass es dir gut geht."
„Naja gut, nach allem was wir heute erlebt haben? Aber ich bin so froh, dass du lebst!" „Du hast dir Sorgen gemacht? Wie wunderbar! Sowas sollte ich öfter einplanen!" „He, du kannst ja schon wieder frech werden! Was hat denn der Arzt gesagt?" „Glatter Durchschuss. Das muss halt versorgt werden und heilen." Hast du Schmerzen?" er schüttelt den Kopf. „Hält sich in Grenzen." Wann darfst du gehen?"
„Vielleicht morgen oder übermorgen."
Mist und ich fliege morgen nach Deutschland.
„Dann muss ich mich von dir heute verabschieden, morgen Abend bin ich wieder in Deutschland." In seinem Blick liegt unendliche Traurigkeit. „Wann geht dein Flug?" „Ich glaube, so gegen zwei Uhr nachmittags." „Werden wir uns wiedersehen?" „Ich hoffe doch." Es tritt eine kurze Pause ein. „Was passiert denn nun mit

dir?" frage ich.

„Auf jeden Fall werde ich angeklagt, habe aber wegen meiner Kooperations-Bereitschaft mildernde Umstände zu erwarten." „Kommst du ins Gefängnis?" „Du meinst U-Haft?" Ich nicke. „Nein, das bleibt mir erspart." Eine Schwester betritt das Zimmer und deutet an, dass ich gehen muss.

Das ist also der Abschied? Wir finden beide keine Worte. Ich beuge mich über ihn und gebe ihm einen Kuss. „Nein", er versucht beide Arme zu heben, sinkt aber mit einem Schmerzenslaut zurück, "nein, du darfst nicht gehen! Bleib hier, bei mir!" „Sei vernünftig, Nico, ich muss zurück. Wer weiß, vielleicht komme ich wieder, vielleicht vermisst du mich, vielleicht vergessen wir uns aber auch in ein paar Wochen." Ich werfe ihm noch eine Kusshand zu und drehe mich um. Die Schwester öffnet mir ungeduldig die Tür, am liebsten würde sie mich hinausschieben.

17

sag wirst du reden oder schweigen
was wird passieren, was kommt danach
willst du weggehen, oder bleiben
du musst entscheiden, keiner nimmt's dir ab
(Hör auf die Stimme; EFF)

Marianne und die Mädels wollen wissen wie es Nico geht und vor allem, wie es weiter geht. Ich zucke die Schultern. Mein Magen ist ein Knoten. Mein Herz schreit: Bleib! Aber mein Kopf sagt: Geh, für solche Abenteuer bist du zu alt!
Esteban bringt uns zum Hotel. Marianne will noch mit mir sprechen und trifft mich wenig später in der Hotellobby.
„Wie geht es denn nun weiter mit euch?" fragt sie.
„Ich weiß es nicht, Marianne. Ich kann doch nicht auf gut Glück alles hinter mir lassen, ziehe hierher und dann war ich für Nico nur ein Abenteuer. Schließlich bin ich ja auch nicht mehr die Jüngste."
„Und gerade deshalb, solltest du es wagen. Ich kann dir natürlich nicht die Gewähr geben, dass es mit euch beiden

klappt, aber ein Abenteuer bist du für Nico ganz sicher nicht. Dafür kenne ich meinen Sohn zu genau."

„Es fehlen eigentlich nur drei ehrlich gemeinte kleine Worte, die mich zum Umdenken bewegen könnten. Aber die kommen halt nicht. Und jetzt Marianne habe ich nur einen Wunsch, duschen und ausruhen. Ach ja, hier! Ich habe noch Nicos Handy." Beim Abschied drückt sie mich fest und herzlich und in ihren Augen schimmern Tränen. „Mach's gut Linda! Und egal was passiert, du bist mir immer willkommen." Ich schaue der zierlichen Powerfrau nach und gehe auf mein Zimmer.

Helly liegt schon frisch geduscht und völlig platt auf dem Bett.

„Mei, war das ein Tag! Weißt du eigentlich, was wir da getrunken haben?"

„Cannabis und ihr wart ganz schön high!"

„Hat aber gut geschmeckt. Haben wir was Außergewöhnliches gemacht?"

Trotz meines Kummers, muss ich lächeln.

„Nö, außer dass du jede Welle mit einem Jauchzer begrüßt hast und über eine Stunde mit baumelnden Beinen lauthals singend an der Reling gesessen hast, war nichts Außergewöhnliches." „Da kann ich mich gar nicht dran erinnern. Ich weiß nur, dass der Himmel und das Wasser intensiv blau und weiß waren. Ich hab das ganze Geschehen überhaupt nicht so richtig mitgekriegt."

„Ich hoffe, du hast dem Gonzales nicht erzählt, wie bekifft du warst."

„Nee, ich habe gesagt, dass ich unter Seekrankheit leide. Aber der Tee war nicht schlecht, gar nicht schlecht..."und dann nickt sie ein.

Ich schleiche unter die Dusche und wasche das Salzwasser aus den Haaren und vom Körper.

Als ich auf dem Bett liege, kreisen meine Gedanken unaufhörlich um Nico und Marianne. *Du liebst ihn doch!* Ich nicke. *Dann gib deinem Herzen einen Stoß und krieg deinen verdammten fast Rentner-Arsch hoch und wag es!* Irgendwann schlafe ich erschöpft ein.

Als ich aufwache ist es draußen dunkel geworden. Helly neben mir schnarcht. Ich setze mich auf den Balkon. Nebenan sehe ich zwei leuchtende Punkte. Gisi und Ursi sitzen auch draußen und rauchen.

„Hast du schon gepackt?" fragt eine.

„Nee." „Warum bleibst du nicht einfach noch ne Woche hier?" Die sind süß, als wenn ich so einfach alles hinschmeißen könnte. „Abwarten, ich komme erst mal wieder mit nach München."

Die Koffer sind gepackt und wir warten auf den Bus zum Flughafen. Alle sind unglaublich aufgekratzt. Das gestrige Abenteuer war für jede ein großer Kick und steigert sichtlich das Selbstbewusstsein. Alle platzen vor Stolz über dieses Abenteuer. Eine Männergruppe radelt an uns vorbei. „Langweilige Typen", sagt Marie, „die wären gestern mit Sicherheit abgekackt!" Fassungslos starren wir Marie an. Unsere Marie, die sich immer so gewählt ausdrückt!

Die Schlange am Check-in ist riesig und es geht nur langsam voran. Von Zeit zu Zeit schaue ich verstohlen auf mein Handy, ob Nico mir eine Nachricht geschrieben hat. Nichts! Meine Stimmung ist auf dem Nullpunkt. Plötzlich grinsen Ursi und Gisi wie zwei Honigkuchenpferde und ich will gerade nach dem Grund fragen, als jemand auf meine Schulter klopft. Ich fahre herum und vor mir steht Nico, den Arm in einer Schlinge und noch sichtlich blass um die Nase. „Bella Linda, können wir ganz kurz reden?" Ich nicke und tauche unter der Absperrung durch. Die Mädels schieben meinen Koffer weiter.

„Du glaubst doch nicht, dass ich dich so einfach gehen lasse?" Meine Kehle ist wie zugeschnürt und einen klaren Gedanken fassen, kann ich auch nicht. Er zieht mich mit dem gesunden Arm zu sich heran.

„Bella Linda", flüstert er dicht an meinem Ohr, „du bist für mich etwas ganz Besonderes. Ich wusste, du bist es, als ich dich das erste Mal gesehen habe. Ich liebe dich und ich möchte dass du bei mir bleibst." Ich schmiege mein Gesicht an seine Brust. „Linda? Sag was, sprich mit mir!" Ich schaue ihn mit leicht verklärtem Blick an. „Ich will auch nicht gehen."

„Dann empfindest du das Gleiche für mich?" „Ja, ich liebe dich auch. Aber gib uns beiden vier Wochen Zeit, wenn wir dann immer noch das Gleiche wollen, dann werde ich zu dir kommen." „Ich gebe sie dir, die Zeit, aber ich brauche sie nicht."

Er gibt mir einen langen Kuss, ich winke zum Abschied und mache mich auf die Suche nach den Mädels.

„Na, du siehst ja gleich viel fröhlicher aus.

Was machst du nun?" „Mal sehen, aber es sieht gut aus!"

Als wir in München landen, warten die Männer auf uns.
Hellys Mann fallen als erstem die Kratzer an ihren Oberarmen auf. „Was hast du denn gemacht?"
„Ach, das ist doch noch nicht alles. Wir haben noch Blutergüsse, Schnittwunden und Prellungen im Angebot", preist Ursi an.
„Was habt ihr denn veranstaltet?"
Wir werfen uns alle einen kurzen Blick zu.
„Auf einem Segelausflug haben wir in einer Bucht gebadet und da gab es viele scharfkantige Steine..."Rosi macht ein unschuldiges Gesicht.
„...und im Wasser kann man das ja nicht so gut sehen", ergänzt Helly.
Die Blicke der Männer sind leicht überheblich.
„Tja, euch kann man halt nicht ohne Aufsicht irgendwo hinschicken. Ohne uns seid ihr halt total aufgeschmissen!"
Wir lassen das so mal stehen und schmunzeln stillvergnügt.

Epilog

Nach vier Wochen habe ich Nico besucht. Es war, als sei ich nie fortgewesen. Nico musste vor Gericht erscheinen und hat eine Bewährungsstrafe von sechs Monaten erhalten. Ich bin jetzt mit einem Kriminellen zusammen ☺

Der Vertrag, den er mit Santos geschlossen hat, ist null und nichtig, nachdem er Tula, Santos Tochter, aus allem herausgehalten und nicht belastet hat.

Die Wollmütze, die Glatze und der Hagere müssen mit zwei weiteren Kollegen eine lange Haftstrafe absitzen.

Ich bereite jetzt meinen Umzug nach Mallorca vor. Marianne und ich wollen die vielen Zimmer der Finca zu Ferienwohnungen ausbauen, allerdings nur für ausgewählte Gäste. Die Esmeralda ist wieder seetüchtig und sichert Nico und Esteban den Lebensunterhalt.

Und, liebe Malle Mädels, ihr habt ab sofort immer eine sichere Anlaufstelle auf Mal-

lorca.
Ich freue mich auf euch!

Anhang

Hi, hier ist nochmal Linda. Ich koche für mein Leben gern und wenn ihr genauso gerne kocht, dachte ich mir, dass ihr euch für die Rezepte interessiert, die im Buch vorkommen

Alle Angaben sind für 8 Personen berechnet.

Paella „Esmeralda"

4 Hähnchenkeulen
600 g Schweinefilet
500 g Miesmuscheln
16   Gambas
2   Gemüsezwiebeln
300 g Erbsen (TK)
je 2   rote und gelbe Paprika
500 g Risottoreis
1 ½ l   Hühnerbrühe
2-3   Kapseln Safranfäden
3   unbehandelte Zitronen

Olivenöl
Salz, Pfeffer

Von den Hähnchenkeulen die Haut entfernen und die Keulen im Gelenk durchschneiden. Salzen und pfeffern.
Schweinefilet in 1/2 cm dicke Scheiben, Knoblauch und Zwiebel in feine Würfel schneiden.
Paprika vierteln, entkernen, schälen und quer in Streifen schneiden.
Den Backofen auf 200°C Grad vorheizen.

4 El Olivenöl in einer großen Pfanne erhitzen und das Schweinefilet darin scharf anbraten, erst danach mit Salz und Pfeffer würzen, aus der Pfanne nehmen und beiseite stellen.
In der Pfanne wieder 2 El Öl erhitzen, Paprika darin 2 Minuten braten und zum Schweinefilet geben.
4 EL Öl in der Pfanne erhitzen, die Hähnchenteile darin bei mittlerer Hitze rundherum goldbraun anbraten und aus der Pfanne nehmen. Knoblauch, Zwiebel und Reis in die Pfanne geben, kurz glasig dünsten.

Brühe mit dem Safran aufkochen. Die Hälfte der Brühe und die Hähnchenteile zum Reis geben. In den vorgeheizten Ofen schieben und auf der mittleren Schiene ca. 20-25 Minuten garen.

In der Zwischenzeit die Muscheln gründlich waschen und putzen. (Offene Muscheln entsorgen), Garnelen waschen. Die Pfanne aus dem Ofen nehmen, Schweinefilet, Paprika und Erbsen unter den Reis mischen. Restliche heiße Brühe zugießen, Garnelen und Muscheln auf den Reis legen und noch mal für 15 Minuten in den Ofen.

5. Zitronen in Spalten schneiden. Nicht geöffnete Muscheln entfernen. Die Paella mit Zitronenspalten, frischen Kräutern und Tomatenachteln garnieren.

Die Pfanne muss unbedingt backofentauglich sein, am besten geht das mit den traditionellen Paellapfannen!

Tolle Paella-Pfannen findet ihr unter: www.der-spanien-shop.de

Mariannes Frito Mallorquin

400 g durchwachsenes Schweinefleisch
400 g Schweinelende,
400 g Schweineleber,
400 g Speck,
500 g Champignons,
1 kg gekochte Kartoffeln,
10-15 Knoblauchzehen,
4   Paprikaschoten,
250 g Schalotten
1 Glas Weißwein
2 Bund Petersilie, 4 Lorbeerblätter, Salz,
Pfeffer und Olivenöl

Zubereitung:

Das Fleisch in kleine Würfel schneiden.
Den Speck würfeln, die Leber in Streifen.
Die Schalotten in Stücke schneiden. Öl in
einer Pfanne erhitzen und zunächst die
Fleisch-, Speck- und Zwiebelstücke, spä-

ter die Leber hinzugeben. Alles mit Salz und Pfeffer würzen und Paprikastreifen, Knoblauch, gehackte Petersilie und die in Scheiben geschnittenen Champignons hinzugeben. Mit Weißwein ablöschen und bei kleiner Hitze fünf Minuten köcheln lassen. Die Kartoffeln würfeln und leicht anbraten, in die Pfanne zum Fleisch und Gemüse geben. Nach Gefühl weiter garen, die Paprika sollte noch etwas Biss haben.

Der wird zwar nicht erwähnt, ist aber ein Klassiker, der super schmeckt und einfach zu backen ist. Wer den Zucker gegen Xylit (Xucker)* austauscht, spart auch noch jede Menge Kalorien! Frisch geschlagene Sahne, aber auch Vanillesauce passen prima dazu.

Mandelkuchen

6 Eier
150g Zucker
200g gem. Mandel

abgeriebene Schale einer 1/2 Zitrone, 25g Puderzucker,
etwa Zimt

Die Eier trennen und das Eiweiß steif schlagen.
Die Eigelbe mit dem Zucker zu einer cremigen Masse verrühren.
Dann die gemahlenen Mandeln, den Zimt und die Zitronenschale hinzugeben und unterrühren.
Das Eiweiß vorsichtig unter die Ei/Mandel-Masse heben. Eine Springform etwas fetten und mit Backpapier auslegen. Den Teig einfüllen und im vorgeheizten Backofen ca. 1 Stunde bei 160 Grad auf mittlerer Schiene backen. Danach den Kuchen bei halb geöffneter Backofentür langsam abkühlen lassen.
Zum Abschluss mit Puderzucker bestreuen.

- Infos über Xylit unter www.xylit.net

Restaurants

Wir gehen natürlich auf Malle auch gerne essen und können euch diese Lokale wirklich wärmstens empfehlen:

Sa Premsa/Palma
Gerichte von € 8,00 – 20,00
www.cellarsapremsa.com

Sa Terrassa/Cala Pi

Gerichte von € 7,50 – 20,00
www.saterrassa.com

Es Passeig/Port Soller

Gerichte von € 10,00 - 27,00
Spezialität: 1 Meter Tapas für 2 Personen
(€ 23,00)

www.espasseig.com

Auch Veganer und Vegetarier brauchen nicht auf eine erstklassige Küche verzichten:

Ca`n Punta/Es Molinar
von vegan – Fleisch
Gerichte von: € 11 -23
Übrigens: Das Lokal gehört der österreichischen Schauspielerin Sonja Kirchberger

www.canpunta.es

Wer sich nach „Hüftgold" sehnt, ist hier bestens aufgehoben:

Pasteleria Can Panxeta/Port Soller

Probiert den weißen Nougat!
www.canpanxeta.net

Wer mal abschalten möchte und statt Ballermann-Hits eine Stunde Klassik genießen möchte, der geht ins Abaco! Das Ambiente liegt in etwa so zwischen Sultanspalast, Palazzo Medici/Borgia und Museum.
Nicht ganz billig, Cocktails zwischen € 8,50 – 16,00.
Freitags um 23 Uhr regnet's Rosenblätter!

www.bar-abaco.es

Unbedingt angucken:
Die Insel La Cabrera! Mit einem Speed-
boot zur „Ziegeninsel"
Die Fahrt dauert ca. 15 Min und kostet €
47,00
Unberührte Natur und ein urige Hafenbar,
wo man Wein aus Wassergläsern trinkt!

Was ihr unbedingt mitnehmen solltet:

Flor de Sal, Sobrasada, Mandeln und Olivenöl. Auf den Bauernmärkten gibt es
fantastische mallorquinische Landweine,
hausgemachte Konfitüren und besten
Schinken!

Auf Ausflugtipps verzichte ich, das sollte
jeder selbst entscheiden:

Diese beiden Reiseführer sind besonders
empfehlenswert:

Marco Polo und Merian

Danksagung

Mädels, ihr wart Klasse! Nicht nur, dass ihr mir die Vorlage für dieses Buch gegeben habt (denn die Anekdoten sind alle wahr), sondern mich auch unterstützt, angetrieben und beflügelt habt.
Danke an Martina, die akribisch den Text auf grammatikalische Fehler untersucht hat, an Uli, die meinem Gedächtnis immer wieder auf die Sprünge half. Wenn man so viel erlebt, dann geht schon mal was verloren. Danke auch an Gabi, die mich durch ihr Lob weiter anspornte und an meine Mutter, die Kapitel für Kapitel verschlungen hat und zügig die nächsten einforderte.
Eine Entschuldigung geht an meine Freunde, die ich in der Schreibphase vernachlässigt habe. Jetzt ist es geschafft und ich hoffe ihr habt alle so viel Spaß beim Lesen, wie ich beim Schreiben ☺

Zeitfracht Medien GmbH
Ferdinand-Jühlke-Straße 7
99095 Erfurt, Deutschland
produktsicherheit@kolibri360.de